「荒海や佐渡によこたふ天河」芭蕉／日和山展望台から見た日本海（新潟市）

西施像／道の駅象潟・ねむの丘
「象潟や雨に西施がねぶの花」
芭蕉は、象潟の景色と悲劇的な美女・西施を想い浮かべてこの句を詠んだという。

芭蕉像／蚶満寺前庭

「象潟の雨や西施かねむ能花」
芭蕉句碑／蚶満寺

合歓の花木（笠取トンネルの手前の峠道・笠取橋付近）

親不知記念広場の展望台「青海八景《おうみはっけい》・天険断崖黎明《てんげんだんがいれいめい》」から望む海岸線（糸魚川市）

「庭掃ていつるや寺にちる柳」芭蕉、／全昌寺庭園（加賀市）

「終夜嵐に波をはこばせて月はたれたる汐越の松」西行／汐越の松遺跡（あわら市）

余波の碑・芭蕉と北枝との別れ／天龍寺（永平寺町）

法堂伽藍前の若竹僧／永平寺（永平寺町）
修行僧として入山していた、小生檀家の住職のお孫さんと会うことができた。

湯尾峠入口。「クマ出没注意」の看板に驚かされる（今庄町）
ここから頂上にある芭蕉句碑「月に名をつゝみ兼てやいもの神」を目指す。

「小萩ちれますほの小貝小盃」芭蕉／本隆寺境内（敦賀市）

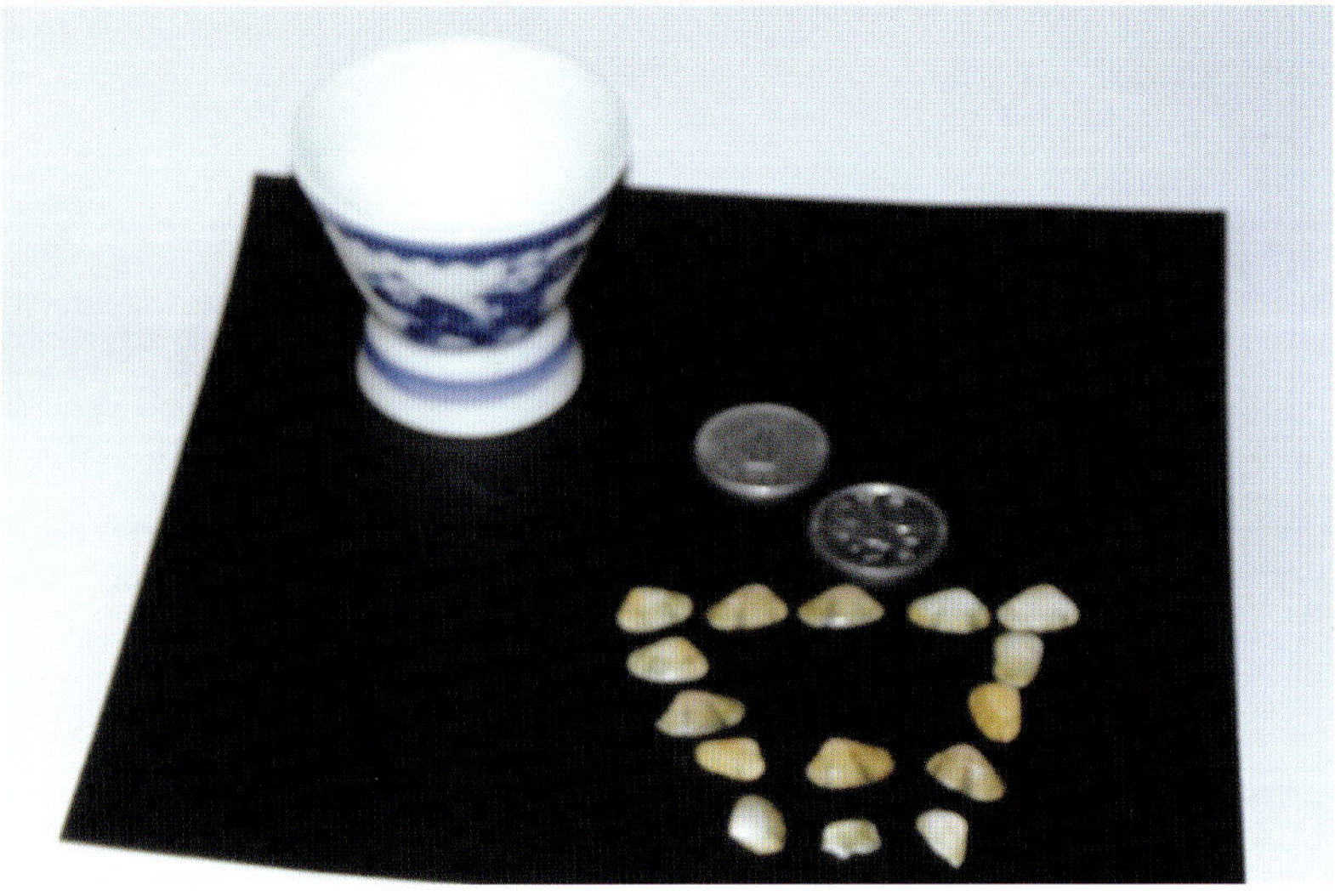

「参拝にどうぞ」と、種の浜で採取された小貝（ますほの小貝）をいただいた
／常宮神社（敦賀市）

「月清し遊行のもてる砂の上」の句が添えられている芭蕉像／氣比神宮内鳥居正面（敦賀市）

奥のほそ道素龍清書本（レプリカ）／孫兵衛茶屋（敦賀市）

奥の細道　むすびの地（水門川の船町港から桑名へ舟で下った）／大垣市

句碑を訪ねて六百里

鶴岡〜結びの地・大垣編（羽州浜街道〜北国街道・美濃路）

赤羽　正業

文芸社

はじめに

小生の旅「句碑を訪ねて六百里」は第三巻で完結しますが、芭蕉翁の「おくのほそ道」紀行に少しでも近づこうとこの道を辿れば辿るほど、どんどん先の方へ、また奥深くへと引き込まれて行きました。

交差しないレールのような道を歩いているような気がした。

この「おくのほそ道」は謎多き旅とも多くの著者衆から聞こえてくる。「おくのほそ道」とは何か。芭蕉句は。また句碑とは何か。小生なりの疑問を説き明かせればと思いながら、深川（採茶庵《さいとあん》）からむすびの地大垣までの翁の辿った道程《みちのり》を辿りました。

この第三巻に凝縮することができたかどうか判りません。言い尽くせない所も多々あります。

どうぞこの本を叩き台に読破された傍々にはその人その人の「おくのほそ道」を説き明かし頂ければと思う次第であります。

何か一つでも御自身のものになれば幸甚に存じます。

おくのほそ道著作　比較対象表

書名	著者名	距離	期間
『週刊おくのほそ道を歩く』	角川書店	芭蕉とめぐる2,400km（原文より）千じゅという所にて船をあがれば前途三千里のおもひ胸にふさがりて幻のちまたに別離の泪をそゝぐ。	元禄2年（1689）3月～9月（5ヶ月）の150日間
『忘れられた俳人河東碧梧桐』	正津勉	ひとり全国行脚「三千里」の旅。奥の細道から得たものである。	明治39年（1906）8月～明治44年（1911）7月までの5年間
『石に刻まれた芭蕉　全国の芭蕉句碑・塚碑・文学碑・大全集』	弘中孝	六百里（2,400km） 車走行距離52,000km	延べ325日
『句碑を訪ねて六百里』シリーズ	赤羽正業	六百里（2,400km） 歩行距離1,323km	平成15年8月～平成26年10月の12年間
『おくのほそ道の旅』	萩原恭男 杉田美登	四百七十六里余（1,904km）	昭和46年～昭和52年までのおよそ6年
『おくの細道散策マップ本』	企画・制作 株式会社インフォマーシャルニシカワ	全行程距離四百五十里（約1,767km）	実歩行日数52日間
『おくの細道の今を訪ねて』	松浦尚明	六百里余（約2,500km）	平成16年2月～平成19年季秋までの約2年間
『芭蕉「おくのほそ道」の旅』	金森敦子	四百五十里（約1,800km）	143日間
『おくのほそ道・みちのく紀行』	池田満寿夫	六百里余（約2,400km）	ほぼ5ヶ月間
『奥の細道 なぞふしぎ旅（上巻）』	山本鉱太郎	六百里余（約2,400km）	150日間
『芭蕉遍路』	沼田勇	六百里余（約2,400km）	平成14年4月～11月の79日間
『写真・文学碑めぐり〈第1〉芭蕉・奥の細道』	本山桂川	全長2,500km	約6ヶ月間

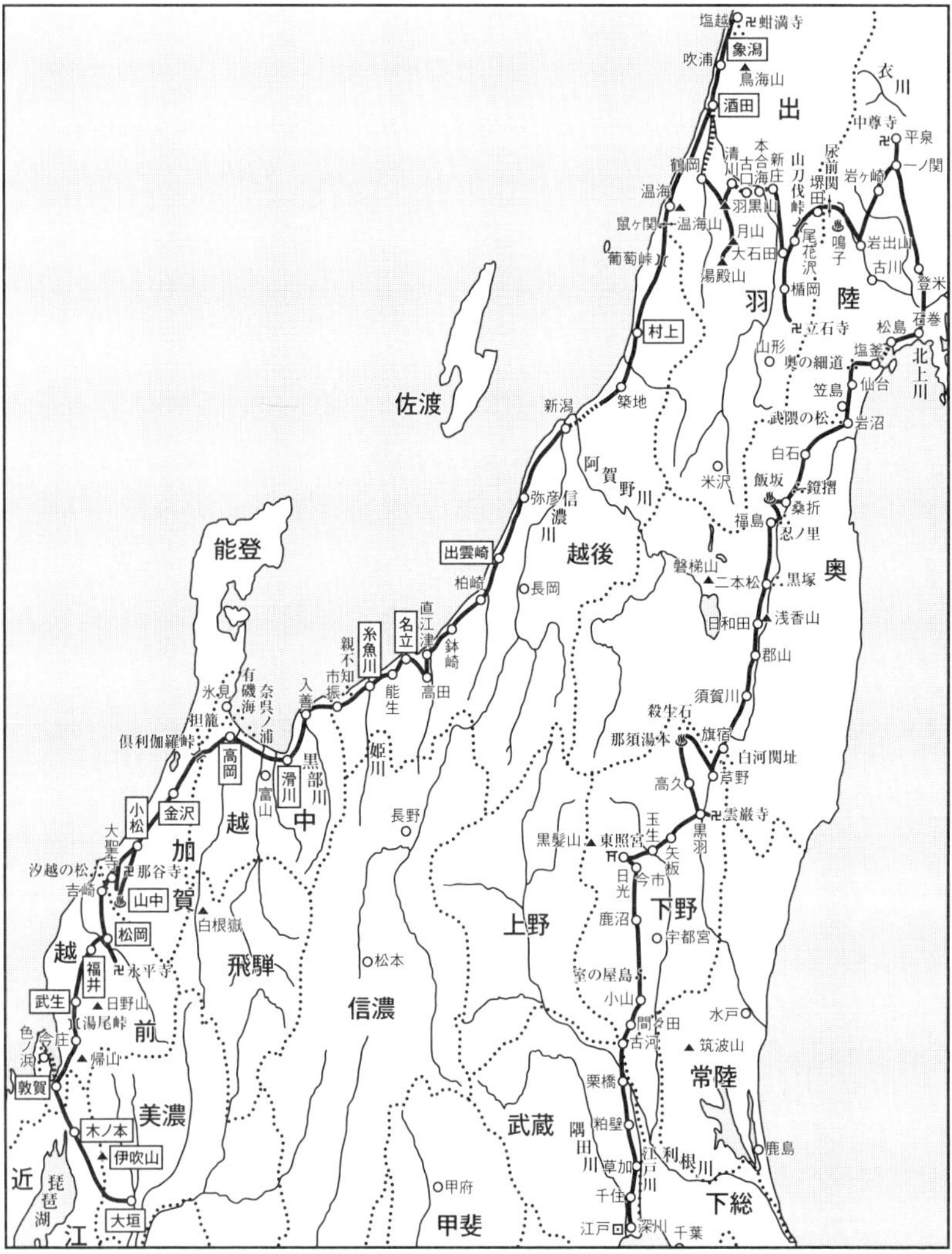

芭蕉および曾良足跡
［　］で囲んだ地域は、
今回の旅の主な宿泊地

句碑を訪ねて六百里　鶴岡〜結びの地・大垣編　もくじ

其ノ二十三　Ｉ　鶴岡・酒田を歩く

平成十九年十一月三日（土）～十一月四日（日）
――鶴岡（市街地）～般若寺（藤沢周平作品　凶刃・用心棒日月抄　ゆかりの地）～龍覚寺（藤沢周平作品　蝉しぐれ　ゆかりの地）～日枝神社（芭蕉句碑）～長山重行宅地跡（芭蕉句碑）～鶴岡公園～庄内藩校・致道館（藤沢周平作品　義民が駆ける　ゆかりの地）～大寶館（藤沢周平に関わる展示コーナー）～内川橋（芭蕉・内川乗船場）～赤川土手～三川橋～新川橋（赤川を離れ国道7号線）～新両羽橋（最上川）～旅館（若葉旅館）

いよいよ第三巻の「句碑を訪ねて六百里」の旅がスタートである。
さて、渋谷（マークシティ五階）十一月三日（土）二十二時三十分発鶴岡（東京第一ホテル前）十一月四日（日）七時三十五分着の予定より早めに。六時四十分頃着くことができた。まだ薄暗い。長距離バス約八時間はきついし、眠たい。

鶴岡に着いてから頭がはっきりしない。当然方向が判然としない。まずJR鶴岡駅がどの方向なのか判らない。仕方なく北東らしき方向に歩くことにした。

常時携行していたコンパスを忘れたことが、悔やまれる。朝七時過ぎ、まだ人の往来のない市内をただ歩く。やっと小生の頭も回転し始め、ちょうど朝の散歩中の夫婦（N氏）に出会った。小生の目的地、日枝神社・長山重行宅地跡・鶴岡公園の方向について尋ねると、これから二人の散歩コースで、御案内して頂くことになり、有難くお願いする。

まず途中近くにある般若寺・龍覚寺は、藤沢周平作品のゆかりの地らしい。写真撮影し、次の目的地「日枝神社」へ向かう。十五分程で神社に到着、早速参詣し、目的の句碑を探す。句碑は社殿右横の掘割がある奥まった所に建立されていた。撮影したのち、句碑について調べる。

珍らしや山をいで羽の初なすび　翁

とある。裏面には彫った形跡があるが、風化して判読できなかった。後日の調べで、天保年間（一八三〇〜一八四三）頃、鶴岡連・淡遊による建立と筆跡であることが判った。一説には蕉翁百五十回忌頃とも言われている。

N夫婦が待っている神社前に急いだ。

次に「長山重行」宅地跡へ向かう。日枝神社からさしての距離ではなかった。現在は駐車場らしき空地、前面には芭蕉滞留地の石碑、奥には建仁寺垣の囲いのある片隅に芭蕉句碑が建立されている。石を加工し、艶々としたもので、刻印ははっきりと読み取れる。この句碑も、

めづらしや山をいて羽の初なすび　芭蕉

となっていた。昭和四十四年（一九六九）十一月、荘内文化財保存会建立。

羽黒山から鶴岡へ到着した芭蕉は、陰暦六月十日長山重行（長山五郎右衛門重行、

「めづらしや山をいて羽の初なすび」芭蕉句碑、長山重行邸跡（鶴岡市）

酒井家の藩士で禄高は百石、蕉門であった）宅へ逗留し、芭蕉・重行・曾良・露丸の四人で連句会を十二日まで歌仙を巻いたという。

撮影後鶴岡公園（鶴岡城跡）まで御一緒させて頂く。

公園内を一周したのち、大寶館へ向かう。この大寶館の開館は九時以降であった。ここでN夫婦と記念撮影後丁重にお礼申し上げお別れとなった。仕方なく開館までの時間で「庄内藩校・致道館」を散策する。

入口門は瓦葺きで周囲が塀に囲まれている。館内は結構広く、聖廟、講堂、御入間等が残存していた。この「致道館」は九代藩主酒井忠徳《ただあり》が退廃するまで、士風を刷新して藩政の振興を図るために、文化二年（一八〇五）に創設した学校で、特に創設から明治六年（一八七三）の廃校まで約七十年間「荻生《おぎゅう》徂徠《そらい》」の学風を伝承し、武士道を体得させ、多くの人材を輩出したとある。

およそ一時間後大寶館に戻る。

大寶館の資料によると、主に一階は物産陳列場と図書館、二階は大正時代大小の集会場と食堂として使用された。昭和六十年四月には「郷土人物資料館」として無料公開している。

特に明治の文豪「高山樗牛《ちょぎゅう》」を始め、鶴岡市出身者や市の発展に深い係わりがあった故人資料が展示されている。

一階のガラス張りの一角に目的の「藤沢周平」コーナーがあり、前面に初版本らしきものがある。本名は蝉しぐれ・三屋清左衛門残日録・又蔵の火・秘太刀馬の骨・半生の記等が陳列されていた。後日この本を読みたいものである。一通り見学したのち、次の目的地「内川乗船地跡」へ向かう。市街の中心にある市役所付近から内川の支流・鶴岡橋・大泉橋と歩き、大泉橋の袂に「内川乗船地跡」の解説がある。芭蕉一行はここから船に乗り、酒田へ向かったとある。

川岸は復元された船着場となっていた。

撮影後小生も酒田に向かって、歩き出す。新内川から赤川土手へ向かうのであるが、途中切添橋を渡り、川の中に鴨の群れが舞い降り愚作一句が詠めたのである。

晴れわたる新内川の浮寝鳥　　正業

鴨の群れが川中に浮いたり、寝たり、また飛びかったりしている。赤川の土手を鼻歌まじりに歩く。風もなく秋日和の土手を気持ち良く歩けた。

いよいよ赤川を離れ、新川橋を渡る。国道7号線を酒田へ近づく。およそ二時間を要し、新両羽橋（橋下は最上川）に到着した。すでに十九時を回っていた。この橋からすぐに宿泊宿（若葉旅館）に辿り着いた。明日（十一月五日）は酒田市街の散策を開始する。

其ノ二十三　Ⅱ　酒田市街を歩く

平成十九年十一月五日（月）
——旅館（若葉旅館）～不玉亭跡碑～玉志宅跡（近江屋三郎兵衛宅跡）～山居倉庫～日和山《ひよりやま》公園（芭蕉句碑）～本間美術館（展示場・玉志亭唱和懐紙）～居酒屋での夕食～酒田駅

八時過ぎ旅館を出発する。まず本町通りまで出る。すぐ左手が市民会館、この通りのつき当たりにある「不玉宅跡」の石碑が目に入る。解説板によると元禄二年（一六八九）の夏芭蕉と曾良が訪れた伊東玄順（俳号不玉）宅跡である。象潟行きの前後を通じ、九泊した「奥の細道」ゆかりの地であり、この間翁は左の名句を残した……とある。

不玉宅跡石碑、歯科医佐藤国雄邸前（鶴岡市）

暑き日を海に入たり最上川

温海山や吹うらかけてゆふ涼

初真桑四つにや断ン輪に切ン　翁

この右隣りには今は証券会社であるが、歩道前に「奥の細道　玉志近江屋三郎兵衛宅跡」の四角柱が建立されている。この「近江屋三郎兵衛」なる人物はこの酒田の有力者で酒田三十六人衆の一人であったと言われていたそうだ。現在はその子孫も酒田を離れているという。

酒田での俳諧興行は不玉・玉志・曾良・芭蕉の四人で詠まれ、即興発句の懐紙「玉志亭唱和懐紙」が本間美術館に展示されていることが判った。本日の散策最後に見学することにした。またこの通りの近くに寺島彦助宅跡があるので、足を運ぶことにする。

俳諧書留には「涼しさや海に入れたる最上川」の句から翁から七句が巻かれたという。

寺島彦助なる人物は、酒田に在する浦役人であったらしい。俳諧書留によると元禄二年（一六八九）六月十五日寺島彦助亭にてと前書して、翁・詮道（安種亭令道）・不玉・定連・ソラ・任暁・扇風等による俳諧が行われたという。今は寺島彦助亭の跡地のみが残存していなかった。

次の散策は「山居倉庫」へ向かう。ここから南東に歩く。さしての時間は掛からなかった。

この山居倉庫は明治二十六年（一八九三）に建造された米の貯蔵庫（二重構造の屋根を利用した低温倉庫という）で現在も活躍し、庄内米ブランドの「はえぬき」が貯蔵され出荷されていた。新井田川から酒田港へと注ぐ地域で江戸時代頃から物資を船積みしていたという。現在平日でも、観光客が絶えない。小生もこの一角で休憩とした。

今日は晴天秋日和、風もなく、バックの鳥海山は山帽子を冠り、青白くくっきりとして気持ちの良い一時を過ごせた。大分腹も空き、せめて酒田の名物でもと思い、新井田川と最上川が合流する地点に最近出店した店で昼食を摂ることにした。庄内浜御膳が人気で小生には高かったが酒とあわせて注文した。昼から酒が付くのはひさしぶりであるが、翁の一句「暑き日を海に入れたり最上川」……何かぴったりと嵌《はま》った感じがした。十三時頃まで過ごした。

酒田での散策後半「日和山《ひよりやま》公園」に向かう。

約一キロ北西に歩く。すぐに公園は見つかった。

江戸時代から酒田港を起点として「千石船・日和丸」が大阪・江戸へ物資を運んだという。この船が再現され池に浮かんでいた。

資料によると、文化十年（一八一三）港近くの丘に土盛りして常夜灯を設置。明治十四年（一八八一）には明治天皇の巡幸。大正四年（一九一五）大改造して町営公園。昭和二十三年から都市公園として酒田のシンボル公園になったという。周囲一・二キロのコースを歩く。庭園風に造営され、全部で二九基の文学碑等が建立されている。
その中で芭蕉句碑は、

温海山や吹きうらかけてゆふ涼　はせを

天明八年（一七八八）、酒田の俳人柳下舎寸昌による建立。明石の俳人武然の書。奥の細道の途次、伊東不玉宅で詠まれた句とある。次に芭蕉像・伊東不玉の句碑を廻り、昭和天皇の句碑の近くに芭蕉句碑があった。

暑き日を海に入たり最上川

昭和五十四年酒田ロータリークラブによる建立。元禄二年（一六八九）、奥の細道の途次、酒田の浦役人安種亭寺島彦助宅で詠まれた句とある。
ここから展望台まで行き、下りた所に与謝蕪村の句碑を見て、最後の芭蕉の句碑に対面した。「玉志亭唱和懐紙」を写し取り、刻印された石面をはめ込んだ大きなものである。昭和六十年（一九八五）に酒田市により建立。

「温海山や吹きうらかけてゆふ涼」日和山公園内・文学の散歩道（酒田市）

「暑き日を海に入たり最上川」日和山公園内・文学の散歩道（酒田市）

あふみや玉志亭にして　納涼の佳興に瓜をもてなして
発句をこうて曰く句なきものは喰事あたはしと戯けれは

初真桑四にや断ン輪に切ン　はせを

初瓜やかふり廻しをおもい出つ　ソ良

三人の中に翁や初真桑　不玉

興にめてこゝろもとなし瓜の味　玉志

元禄二年　晩夏末

玉志亭唱和懐紙連句碑、日和山公園内・文学の散歩道（酒田市）

芭蕉の「奥の細道」に随行した曾良の日記によると、芭蕉が酒田滞在中の元禄二年（一六八九）六月二十三日（陽暦八月八日）、市内のあふみやに招かれて即興の発句を催した時の作で、芭蕉が懐紙に残しており、本間美術館に保存されているとある。

ＪＲ酒田駅近くにあり、入館して芭蕉真筆の「玉志亭唱和懐紙」を拝見する予定である。これで日和山公園の散策は一周して完了。しばしの休憩とした。

帰宅する夜行バスの出発まで五時間程あり、最後の目的地「本間美術館」まで歩く。

本間家は当時豪商で大地主であったという。四代目の光道により、文化十年（一八一一

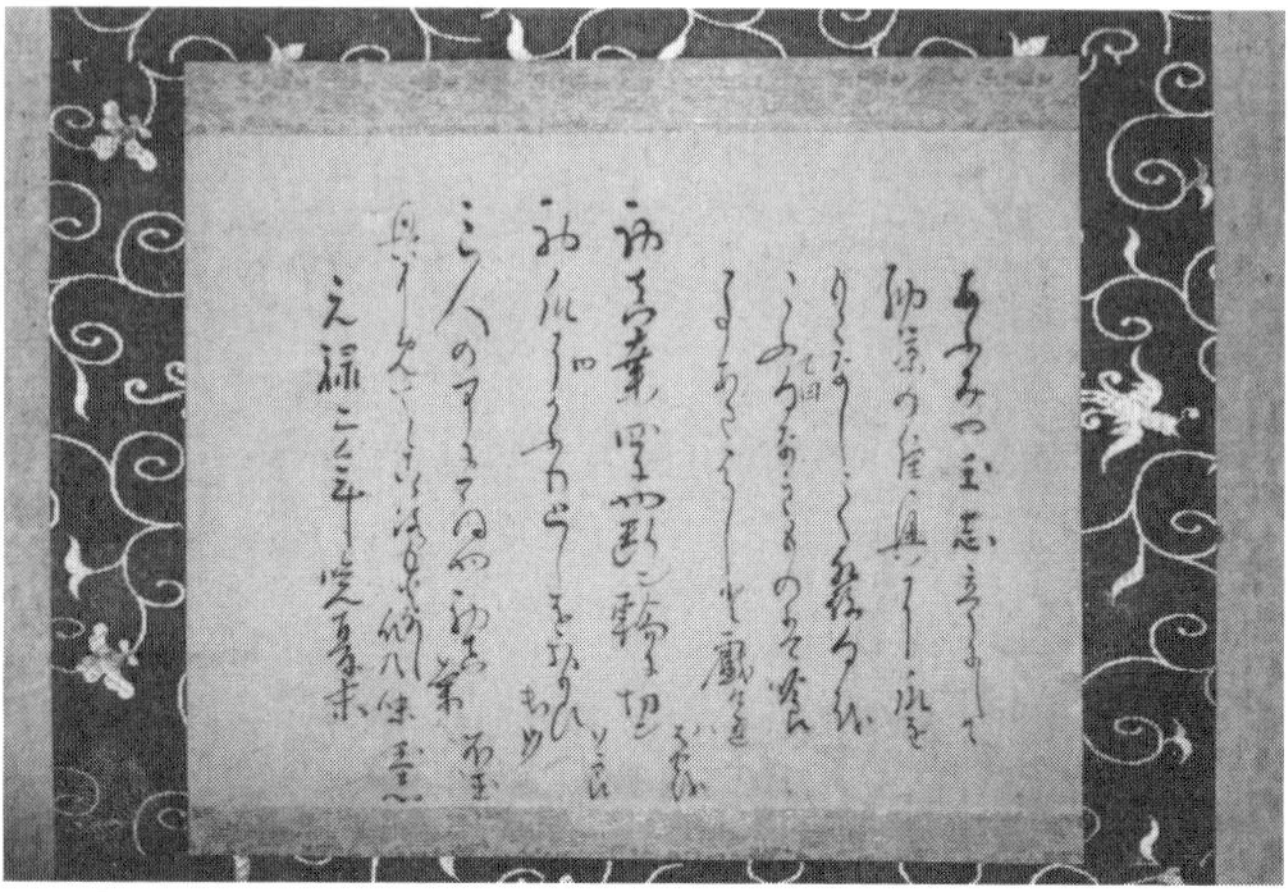

玉志亭唱和懐紙連句碑（芭蕉真筆）、本間美術館内（酒田市）

三）に建造した別荘。明治時代は酒田市の迎賓館として、昭和二十七年から美術館となったという。

近世の古美術から現代美術の展示、別荘「清遠閣」「鶴舞園」がある。さらに北前船の残した湊町酒田の歴史資料等が沢山展示されており、その中の一角に「玉志亭唱和懐紙」を掛け軸に貼ったものがある。およそ三百二十年以上も経っているのに翁の真筆を見ることができた。小生にもはっきりと判読できる掛け軸であった。「日和山公園」の句碑が随分役に立った。

美術館の閉館は十七時、女性館員に御挨拶を済ませ、ＪＲ酒田駅近くのバスターミナルへ歩く。まだ約三時間近く残し、駅近くの居酒屋に入店し、夕食を兼ね今回の旅の祝杯を一人静かに実施。大変おいしく、ほろ酔い気分。

その後東京（渋谷）までの夜行バスにて帰宅。

【道程】
鶴岡市街　日枝神社・長山重行宅跡・内川乗船場等　二七キロ
酒田市街　不玉・玉志亭跡・日和山公園等　一五キロ（累計距離六七四キロ）
芭蕉句碑　なし（累計基数　九五基）
おくのほそ道句碑　鶴岡　二基
　　　　　　　　　酒田　四基（累計基数　八二基）

其ノ二十四　酒田・象潟・湯野浜温泉・三瀬《さんぜ》を歩く

平成二十年四月二十八日（月）〜五月二日（金）
——酒田（バスターミナル）〜酒田北港〜庄内砂丘〜吹浦（芭蕉句碑）〜三崎公園〜ＪＲ小砂川駅〜象潟〜旅館（海苑蕉風荘）〜道の駅（ねむの丘）〜蚶満寺（芭蕉句碑）〜欄干橋〜熊野神社〜能因島〜ＪＲ象潟駅（芭蕉俳文碑）〜酒田駅〜出羽大橋〜湯野浜温泉（民宿・しらはま屋泊）〜羽前大山駅〜羽前水沢駅〜三瀬駅

今回の旅も高速バス鶴岡・酒田行きへ乗車する。

やはり八時間のバス旅はきつい。体がぎこちなく強張っているが仕方がない。コンビニで朝食用と昼食用のおにぎり等を買う。およそ三キロ先が酒田北港である。しばしの休憩をとり、おにぎりを頬張った。

海は穏やかに迎えてくれた。ここから北へ歩くのであるが、すぐ近くにある酒田北変電所付近から宮海地区で、ここから先の海岸沿いに「庄内砂丘」が続いている。芭蕉はこの近くに流れる日向川《にっこうがわ》を船で渡り、砂丘に足を取られながら吹浦まで歩いたと言われている。小生は並行している国道7号線を歩く。

四時間程歩いた後、吹浦の手前にある道の駅で昼食とした。約六ヶ月間のブランクで、すっかり足が鈍ったのか両足親指の裏に大きな水疱ができ、これから先の歩行が思いやられる。応急処置を済ませ吹浦へ向かう。

およそ三十分後、入江に架かる新吹浦橋を渡り、吹浦の「十六羅漢岩」近くにある岬の突端に着いた。岬に張り付いて、この道路沿いに建立された句碑がある。

あつみ山や吹浦かけて夕すゞみ　　はせを

この句碑の特徴は火山岩でごつごつしたものと思っていたが、壁面は加工され、黒艶のある面にこの句が刻まれており、句がはっきりと判読できた。石の種類は判らな

「あつみ山や吹浦かけて夕すゞみ」芭蕉句碑、吹浦海岸国道沿い（遊佐町）

いが、やはり御影石なのか。裏面には、建立者・藤原長治・高橋吉四郎、昭和十五年五月八日となっていた。

「十六羅漢像」が彫り込まれている海岸まで下り、羅漢像を拝顔させて頂いた。ここから象潟までは大分距離を残しており、途中の「三崎公園」まで急ぐことにした。

両足にできた水疱が痛む。約一時間を要し、辿り着いた。ここから海岸方面に向かって高台の森林が続いている。約一・一キロ先が三崎峠らしい。

元禄二年（一六八九）六月十八日（陽暦八月一日）、この峠で雨に遭い、有耶無耶《うやむや》の関があった付近が一番の難所で病弱の身ながら芭蕉は一歩、一歩とここを越えたと解説板に書かれていた。小生もこの峠道を歩こうとしたが、底豆が疼きとてもその気力が湧かない。仕方なく国道7号線をとぼとぼと歩く。

三キロ程足を引き摺りながらやっと「小砂川」地区まで辿り着いた。近くにJR小砂川駅があり、電車で象潟駅までと、時刻表を見るも一時間以上の待ち合わせ。また距離も一〇キロ近く残しており、とても歩いて行けそうもない。

仕方なくタクシーで宿泊地（象潟・海苑蕉風荘）まで乗車することにした。やっと蕉風荘に着いたのは十七時十分頃となっていた。とりあえず足の疲労を治すべく風呂に入る。足裏に五センチ大の白く膨らんだ肉刺《まめ》が一部分つぶれていた。部屋に戻り、明日からの散策に備えしっかりと治療した。夕食後日記の整理を済ませ、二十二時頃床についた。

朝六時頃目が覚めた。足の具合は大分良くなっており、蕉風荘の周辺にある湾口から海岸まで散歩することにした。

玄関脇に解説板があり、翁の真筆句の短冊模写に句は、

腰長《こしたけ》や鶴脛《はぎ》ぬれて海涼し　　はせを

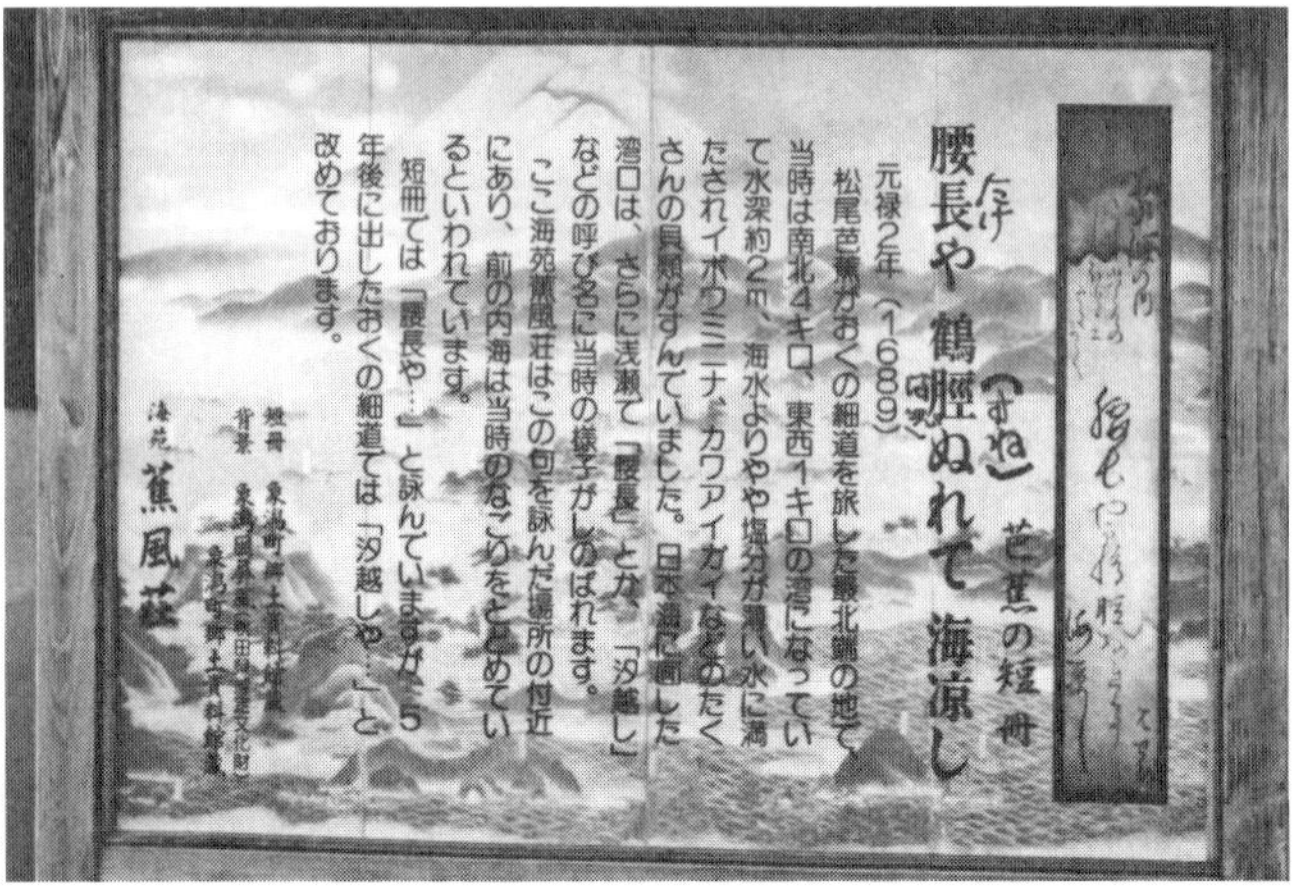

芭蕉短冊解説板、蕉風荘入口（象潟町）

とある。芭蕉がこの湾口近くで詠んだとされている。

おくのほそ道句では「汐越や雨鶴はぎぬれて海涼し」であるが、五年後推敲し紀行文の句になったとある。

残念なことに、ここには句碑が建立されていない。小生の愚作が即詠めた。

湾口に腰長涼む鶴見えず　　正業

部屋に戻り朝食をお願いする。いよいよ大望の象潟散策が始まる。七時十分に蕉風荘を出発、本日は、道の駅（ねむの丘・西施像）・蚶満寺（芭蕉句碑）・欄干橋・熊野神社・能因島・JR象潟駅（芭蕉俳文碑）を散策する。

およそ一キロ北上した所の海岸一帯を整地し、道の駅のドライブインとなっている。早朝なのかまだ開店はしていない。海辺の方へ下りる。空と海がくっきりと青紫に染まり、白く輝く像が見えた（カラー写真の部参照）。近づき解説板を見ると、これが中国四大美女の一人西施とある。

象潟や雨に西施がねぶの花

芭蕉は象潟の景色と悲劇的な美女を想い浮かべてこの句を詠んだという。しばしこの像の傍に腰を下ろし、日本海の水平線を見詰めながら、小生も想いに耽《ふけ》ったのである。

平成二年（一九九〇）、象潟町と中国の浙江省との友好交流を深め、「にかほ市日中友好委員会」による建立とあった。

一キロ程の蚶満寺（干満珠禅寺）まで歩く。入口付近には松の大木が樹立し合歓木が所々にあるその中に「芭蕉像」が建立され、近くに句碑がある。「象潟の雨や西施かねぶ能花」とある（カラー写真の部参照）。後日の調べであるが、蚶満寺本堂横に

「象潟の雨や西施かねぶの花」芭蕉句碑、蚶満寺（象潟町）

ある句碑に形状を似せて建立したらしく、まだ新しい句碑であった。昭和六十四年（一九八九）八月、蚶満寺によるものらしい。

拝観料を払い、奥の本殿に詣でる。本堂横に行くと、苔むした台座の上に句碑が建立されている。中央に芭蕉翁と彫られ、左右に句が添えられ、右側には「象潟の雨や」左側には「西施かねぶの花」とある。宝暦十三年（一七六三）九月、本庄英良建立。芭蕉七十年忌記念らしい。

蚶満寺の裏手には「舟つなぎの石」の看板と古めかしい四角柱の石がある。芭蕉・曾良はここから寺に参詣したらしい。遠くには松が点在する九十九の島々が見える。今は稲作の用水が引かれた田圃。ここが当時の八十八潟とは信じられない情景である。

（おくのほそ道・原文抜粋）

「江の縦横一里ばかり、俤《おもかげ》松島にかよひて又異なり。松島は笑ふが如く、象潟はうらむがごとし。寂しさに悲しみをくはえて、地勢魂をなやますに似たり」

小生もこの情景に浸ったのである。数枚撮影後、象潟川に架かる欄干橋から熊野神社へと歩く。

西約一キロ海岸寄りに流れる川で、湾口近くに架かる小さな朱塗りの橋。渡る手前に解説板、その脇に「船つなぎ石」がある。芭蕉と曾良がここから舟に乗って島めぐりをした場所とあり、象潟町の史跡としてある。ここから二、三〇〇メートル先が湾口で川寄りにある道路を歩くと、「熊野神社」がある。

解説によると、元禄二年（一六八九）六月十六日（陽暦八月一日）、芭蕉が象潟に着いた日にこの神社に詣でたとある。この日はたまたま祭礼で、この祭りに関して弟子達（曾良・低耳）の句を紀行文に掲載している。

解説板にも「象潟や料理何くふ神祭」（曾良）とある。撮影後次の目的地へ向かう。

九十九島の内、紀行文の中にある能因島にも立ち寄った芭蕉、小生もこの島は是非

象潟自詠懐紙復刻碑、象潟駅前庭園（象潟町）

上陸すべく、一・五キロ程南東に向かって歩く。しかし広大な田圃道を歩くこと三十分、同じような松が数本ずつある島々ばかりで、目的の能因島かは確認できず、また近くに稲作をする人も見当たらない。一時間程でJR象潟駅近くの松が数十本林立した周囲二十数メートルくらいの小高い丘に辿り着いた。近くに解説板があり、「能因島」とあった。紀行文中では「まず能因島に舟をよせて三年幽居の跡をとぶらひて……」と解説されている。

　本当にここに舟をよせて上陸したのかとしばしこの丘の上で佇んでいた。やはり今においては定かでない。

象潟での散策はＪＲ象潟駅前に建立されている「象潟自詠懐紙」の復刻碑を散策して完了する。能因島からの畔道を歩き、駅まで十五分程で到着。駅前の庭園の中に、大きな文学碑が建立されている。芭蕉直筆を復刻したものであるらしい。にかほ市象潟郷土資料館にこの懐紙が保存されている。早速撮影し、細部について調べる。黒御影石に彫られた句を大きな岩盤にはめ込んだものである。

象《きさ》　潟《かた》
きさかたの雨や西施か　ねぶの花
夕方雨やみて処の何がし舟にて江の中を案内せらる、
ゆふ晴や桜に涼む　波の華
腰長の汐という処はいと浅く鶴おり立てあさるを
腰長や鶴脛ぬれて海涼し

武陵芭蕉翁桃青

裏面には昭和四十七年六月十六日、芭蕉文学碑建立委員会とある。

象潟の旅もここにて完了するが、小生の旅はまだまだ続く。象潟駅から酒田駅まで戻り、ここから次の目的地湯野浜温泉まで歩くこととした。

酒田駅には十時三十分頃着いた。ここから先はいよいよ日本海側を南下する旅。市街から国道112号線を歩く。まず「出羽大橋」を渡る。結構長い橋である。資料によると最上川・新井田川との合流近くに架かる橋で前回酒田散策において渡った橋であった。

次第に底豆の肉刺が、じんじんと痛む。およそ一八キロ先が湯野浜温泉である。この温泉に浸ることが楽しみであり、なんとか足が進んでくれる。途中海岸側は庄内砂丘が続き、庄内空港付近でおよそ四キロ先が湯野浜地区。蕉風荘で頂いたおにぎりを食し、休憩をとる。

若干底豆が痛む。とぼとぼと歩く。国道112号線から海岸方面に向かう。夏は海水浴客が宿泊する「民宿・しらはま屋」に辿り着いた（十六時頃）。まずは「温泉かけ流し」の風呂に浸ることにした。連休前なのか、宿泊客は少なくゆったりと入浴し、疲労した体も随分と楽になった。

夕食は結構品数が多く、カニや海産物料理で、一品残らず食した。底豆の治療を行い、日記の整理や、明日（五月一日）のコースの検討後、疲れのせいか、ぐっすりと寝ていた。

朝食を済ませた後、八時三十分頃旅館を出発。本日の計画では五十川《いらがわ》駅（JR羽越本線）までの予定であるが、やはり底豆との戦いであり、若干弱きである。

羽前大山駅まで八キロ、羽前水沢駅まで八キロ程を歩き、駅舎でしばし休憩。やはり底豆がつぶれていた。応急処置を施し、次の三瀬《さんぜ》駅までは辿り着いたのである。しかし今回の旅は限界であった。次の五十川駅まで約六キロは次回とした。三瀬駅・鶴岡駅経由で夜行バスにて池袋駅まで戻る。五月二日早朝に到着した。今回の旅はやはり底豆（肉刺）に悩まされた旅となった。


【道程】

酒田～庄内砂丘～吹浦～三崎峠～象潟（蕉風荘）　二九キロ

象潟市街（道の駅・蚶満寺等）～象潟駅前～湯野浜温泉　二八キロ
旅館（湯野浜温泉）～羽前大山駅～羽前水沢駅～三瀬駅　二五キロ
（累計　七五六キロ）
芭蕉句碑　なし（累計　九五基）
おくのほそ道句碑　四基（累計　八六基）

其ノ二十五　三瀬《さんぜ》・鼠ヶ関・勝木・村上を歩く

平成二十年七月十八日（金）～七月二十一日（月）
――三瀬駅・温海温泉（芭蕉句碑）～鼠ヶ関（文学碑）～勝木（長浜屋泊）～旧中村宿（芭蕉句碑）～葡萄峠～村上駅（ホテル　トラベルイン泊）～村上市街（観法院稲荷神社～上片町地蔵堂／芭蕉句碑）～石船神社（芭蕉句碑）～村上駅

前回の象潟の旅では随分足の底豆（肉刺）に悩まされたことを反省し、足裏の防護を万全に施し出発する。池袋発の夜行バスに乗車し、鶴岡へ七月十九日六時十分着、JR羽越本線三瀬駅を経て、五十川駅から歩き始めた。国道7号線（出羽街道）を南下する。およそ六キロ先が温海地区である。

海岸沿いを走る国道7号線と日本海の青さと、空はべったり張り付いた灰色、このコントラストの中を歩く。しかし湿度、温度共に高く暑い。少しの距離を進んだばかりなのに、汗はTシャツを透し噴き出す。

八キロ程過ぎた海岸近くに、大きな石碑が見えてきた。二本の松を配した中にあり、芭蕉句碑の木柱と解説板があった。解説板には「芭蕉遺跡温海」とある。

あつ美山や吹浦かけて夕涼み　　芭蕉翁

「あつ美山や吹浦かけて夕涼み」芭蕉句碑、暮坪海岸・塩俵万のそば（温海町）

とあった。芭蕉はこの温海に着いたのは元禄二年旧暦六月二十六日未刻とあり、この地の「鈴木惣左衛門」宅に宿泊したとある。またこの詠句は六月十九日（陽暦八月八日）酒田の不玉（伊東玄順）と共に小舟で納涼の時の立句と解説されている。また翌朝は馬で越後路に出発したとある。刻印を調べると、温海町（山形県奥の細道観光資源保存会）により昭和四十二年（一九六七）八月建立、結城健三書とあった。

この近くは湯温海といい、芭蕉が宿泊した「鈴木惣左衛門」宅が現在も残る地域らしい。

「道の駅温海」には十二時十分頃辿り着き、およそ四時間を要していた。汗を拭い、昼食のにぎりめしを食した。

青い海を眺めながら芭蕉の句を復誦して、芭蕉の心の内を覗くことができたのである。

芭蕉翁がここ温海を辿った日は晴れており、旧六月二十六日（陽暦八月十一日）で、やはりこの海岸沿いの暑さは並のものではなかったと思われ、しばし休息をとったのではないか。

一時間程休憩をとった。ここから約八キロ先が鼠ヶ関。芭蕉と曾良はここから別れて旧中村宿まで歩を進めるが「曾良日記」には廿七日の項で「**雨止。温海立。翁は馬ニテ直ニ鼠ヶ関被趣予ハ湯本へ立寄、見物シテ行。半道計ノ山ノ奥也。今日も折々小**

雨ス。及暮中村宿ニ宿ス」とある。

太陽は真上に昇り、蒸し暑い。一時間程掛けて辿り着く。山側には鼠ヶ関跡として整備された庭園。入口には番所の柱を門柱にしたものがあり、奥には一部の石垣が残っていた。また道路脇の庭園には「越後路文学碑」が建立されており、紀行文には次のようにある。

「酒田の余波日《なごり》を重て、北陸道の雲に望。……鼠ヶ関こゆれば、越後の地に歩行改て……此間九日暑湿の労に神をなやまし、病おこりて事をしるさず」

文月や六日も常の夜には似ず

荒海や佐渡によこたふ天河

平成元年（一九八九）七月三日建立とあった。

撮影後、曾良は山側を進み旧中村宿を目指すが、小生は芭蕉が馬で辿った海側を歩くことにした。鼠ヶ関を越え、府屋駅から勝木駅に向かって頓《ひたすら》歩く。日は真上から照らされ、日陰らしきものは何もない。そして蒸し暑い。道路際には湿地らしきものはないが、畔の雑草の中から沢山の「昼顔」が繋がり、元気に咲き競っていた。余りにも元気なので愚作を一句詠むことができたのである。

昼顔や炎熱砂地這って咲き　正業

遠くの海辺には海水浴をしている人達が見える。小生もすぐにでも海に入りたい気分であった。

府屋駅からおよそ四キロ先が勝木地区で、小生はここに一泊する。府屋第一トンネルを抜け、勝木地区が近づく。若干の登り勾配のある峠道、トンネルを幾つか過ぎ、勝木駅にやっと辿り着いた。旅館は駅前近くにある小さな旅館で十七時四十分頃に着いた。

Tシャツや下着まで汗でぐっしょり、まず入浴をさせて頂き、夕食をお願いした。ビールの喉越しは本当に格別。やっと落ち着きを取り戻した。両足の底豆はと思い、足裏を見ても正常であり、対策の効果が出たようだ。部屋に戻り、今日までの日記を整理した後、二十一時過ぎには寝ていた。

朝六時頃目を覚ました。昨日の疲れが出たのか、ぐっすりと寝ていたようだ。準備を整え、七時三十五分頃旅館を出発。前日の日照とは違いどんよりとした曇り空、歩くには助かる。しかし今日一日の道程はほとんどが山（峠）道。トンネルを幾つか通り抜けたところ、勝木川の上流に架かる笠取橋という所に辿り着く。

前回の象潟の旅においては「ねぶの花」にはめぐり会うことができなかったが、この勝木川の上流で、淡い薄ピンク色のねぶの花にお目に掛かることができたのである。休憩中に愚作を一句詠む。

越後越え西施が在《おわ》す合歓の花　　正業

この峠から勝木川を見下ろすと、両岸には沢山のねぶの花が咲き競っており、小生を歓迎してくれたのであった（カラー写真の部参照）。

笠取橋から続くトンネルを過ぎた付近が旧中村宿（現在、村上市北中）、国道7号線から旧出羽街道に出た。余り高くない山肌に「北中芭蕉公園」の看板が見えた。何か史跡があるかと思い、この山中を登ることにした。

三十分程歩くと、山腹を切り開いた所にやはり句碑が設置されていた。句碑には「さわらねば汲まれぬ月の清水かな　芭蕉」とあり、隣りの石碑について解説されている。芭蕉がこの地（北中）に宿泊してから三百年記念として山北町芭蕉保存会が建立（平成元年九月）。また芭蕉句が刻まれ、二つの句が添えられている。

結ぶよりはや歯にひびく泉哉

さわねば汲まれぬ月の清水かな

後日文献を調べてみると「結ぶより……」の句は天和・貞享年間に詠まれた句で、どこの地で詠まれたかは不明となっている。また「さわらねば……」の句は芭蕉の句として、存疑の部、誤伝の部にも登載されていないのである。

しかしこの地区（北中）に在住しているS氏から頂いた資料によると、地元の元校長先生の資料や沢木欣一著の『奥の細道を歩く』には芭蕉が詠んだとしている。小生にはこれ以上真偽の程を確かめる術はなかった。

若干の休憩後、元の道（旧出羽街道）に戻り、葡萄峠を目指す。アップダウンの多い山道を進む。途中「大毎《おおごと》」地区に出た。やはり頂いた資料によると、この地区には「北中清水」「桜清水」「川内清水」という地名が残っており、この地区で詠んだとされる芭蕉句もありかなと思ったりした。次第に山道を歩き、田を段々に切り開いた千枚田の棚田が遠くまで続く。幾つかのトンネルを抜け、葡萄峠の頂上付近（葡萄山は海抜七九五メートル）に辿り着いた。ここには「葡萄スキー場」があるらしい。

ここを境にほとんどが下り坂道を歩く。およそ一時間後国道7号線に合流した。大分腹が空き、長浜旅館で用意して頂いたにぎりめしを食した。

およそ村上まで一七・八キロ地点まで辿り着き、次第に民家が多くなり、歩道部分にバス停（大行鉱泉前）があった。時刻表によると四十分待ちで村上駅に行けることが判った。汗も大分かき、明日のための体力温存も考慮して乗車することにした。村上駅まで一時間程、十五時三十分頃に着き、予約したビジネスホテルにチェックインした。

「雲折〻人をやすむる月見かな」芭蕉句碑、稲荷神社本殿前（村上市）

七月二十一日（月）、五時十分起床。チェックアウト六時十五分、とりあえず朝めしをコンビニで済ませ、村上市街の散策を開始する。日本海特有のどんよりとした空模様、しかし雨の降る気配はない。市街は城下町で全体的町並は古風である。

まず目的の一つ、上町・大町・泉町・加賀町と歩く。ここに小さな観法院稲荷神社がある。境内の隅にある句碑を撮影する。句碑は、

雲折〻人をやすむる月見かな　　はせを

天保十四年（一八四三）一月、地元俳人白露観無為坊建立、芭蕉供養百五十回忌とある。この句は芭蕉四十二歳の作で、芭蕉七部集「春の日」の秋にあり、貞享二年（一

六八五）の作である。ここからもう一箇所の句碑がある上片町まで歩く。

地蔵堂前にある句碑は、

けふはかり人も年よれ初時雨　　ばせを

明治二年（一八六九）五月、和合庵鸞子他建立とある。この句は元禄五年（一六九二）十月三日、許六亭興行において詠まれた句である。

撮影後ここから北西にある「石船《いわふね》神社」を目指す。八キロ程途中の瀬波温泉トンネルを過ぎ田圃道を歩く。浦田地区を右折してから随分長い距離に感じた。遠くに神社の屋根が見え、神社の西側は岩船海水浴場があるらしい。

辿り着いた神社の境内前で休憩をとる。朝方なのか参詣客のいない神社であるが、本殿までの上り参道は掃き清められていた。本日の御礼を申し上げ参詣した。

句碑は山門入口付近にあり、

花咲て七日鶴見る麓哉　　芭蕉翁

「文月や六日も常の夜には似ず」芭蕉句碑、石船神社石殿登口（村上市）

「花咲て七日鶴見る麓哉」芭蕉句碑、石船神社石殿登口（村上市）

文政四年（一八二一）斎藤秋水建立とある。この句は貞享三年（一六八六）芭蕉四十三歳の作であった。もう一基の句碑は山門奥松林の中にあった。おくのほそ道句で、

文月や六日も常の夜には似ず　はせを

嘉永二年（一八四九）、初夏建立者風鳴舎巫雪によるものである。

境内にある休憩所でしばし汗をぬぐい小休止とした。今回目的の散策は完了。村上駅まで四キロ程戻る。しかしここから歩いて戻る気分はなくなっていた。夕

クシーに乗車し駅に辿り着いた。JR新潟駅まで乗り継ぎ、新幹線で東京駅に戻った。

【道　程】

三瀬～温海温泉・鼠ヶ関～勝木　二五キロ
勝木～旧中村宿・葡萄峠～村上　二三キロ
村上市街～稲荷神社・地蔵堂～石船神社　一二キロ（累計　八一五キロ）
芭蕉句碑　四基（累計　九九基）
おくのほそ道句碑　三基（累計　八九基）
存疑句碑　一基

其ノ二十六　越後路（村上・新発田・新潟）を歩く

平成二十年十月二十八日（火）～十月三十一日（金）
――村上駅・坂町駅～乙宝寺（芭蕉句碑）～国道３４５号線北国浜街道～中条町～築地～紫雲寺町～塩津潟跡～新発田駅前（新発田第一ホテル泊）～新発田市街～寿昌院（芭蕉句碑）～新発田市役所豊浦支所～福島潟湖～豊栄《とよさか》市～新潟駅～新潟市街～船江大神宮（芭蕉句碑）～護国神社（芭蕉句碑・蓑塚）～新潟港（日和山展望台）～新潟駅

関東地方においては、雲一つない秋晴れが続き、この越後路も散策できるのではと思っていたが、日本海特に新潟付近では雨模様の天気予報である。

池袋発夜行急行バス、新潟駅に四時五十分に着いた。やはり予報どおりの雨が降っていた。新潟駅からJR白新線に乗り新発田駅経由、坂田駅で下車、ここから散策を開始する（八時）。雨衣等の装具を整え、「乙宝寺《おっぽうじ》」に向かう。

やはりしょぼしょぼと降り続く中、約三時間近く、日本海側を走る国道345号線からは、すぐに乙宝寺に辿り着いた。

この辺は「乙《きのと》」という地区らしい。山門から本殿まではさしての距離ではないが、仏閣を始めとして、素木造りの三重塔や本殿等は風格のある名古刹である。参詣後、句碑のある場所を探す。本殿横の幾つかの石碑群の中に丸く形成された石碑があり、刻印を見て、芭蕉句碑であることを確認、撮影した。句は、

うらやまし浮世の北の山桜　　はせを翁

建立者、年月日等については不明である。文献には、元禄五年（一六九二）金沢の「句空」に贈った句としている。また副碑二基は寛政年間（一七八九〜一八〇一）頃のものと言われている。雨がしたたり落ち撮影に苦労した。

仏閣の一つ、お堂の軒先で昼食のおにぎりを食す。雨は一向に止む気配はない。休

「うらやまし浮世の北の山桜」芭蕉句碑、乙宝寺本堂付近（中条町）

憩後、新発田駅を目指し歩を進める。

芭蕉はこの乙宝寺に参詣したのち、築地地区に宿泊している。翌日新潟まで辿ったコースは諸説あるらしい。

特に金森敦子氏のエッセーによると、正保二年（一六四五）に描かれた「正保越後国絵図」を基に、桃崎―荒川―築地（旧塩津潟）―加治川―嶋見前潟―福島潟―阿賀野川―新潟のコース（川舟に乗ったという説）、また桃崎―浜通り（新井・村松浜・次第浜・嶋見浜・大矢浜）―松ヶ崎―沼垂町―新潟のコース（日本海側の陸路を辿ったという説）で、現在は陸路を辿って新潟に着いた刊行本が多い。しかし小生は、塩津潟跡（田圃）を経由し新発田に向かい宿泊する。そして翌日は嶋見潟・福島潟を辿り、芭蕉一行もこのルートを辿ったと信じて新潟を目指す予定である。
新発田駅前近くの「新発田第一ホテル」に十七時十分頃に到着した。今日一日のこの散策においては、芭蕉も築地付近からの旅は小雨・強雨に晒されているが、小生もまた雨に祟られた一日であった。

平成二十年十月三十日（木）

七時四十一分にホテルを出発。新発田市街においては二十日ぶりの晴天で雲一つない日和である。まず大栄町にある寿昌寺へ向かう。
一キロ程南西方向になる。本堂前の庭園内に黒く長方形の石碑が目についた。芭蕉の句とされる。

松島や夏を衣装の月と水　　はせを

裏面には昭和八年（一九三三）十月、当寺二十三世愡月建立とある。文献によるとこの句は存疑の部に分類されている。

撮影後、新発田市豊浦支所（新発田市乙沢）へ向かう。ここは福島潟がある方向で、八キロ程、二時間を要した。ここには二ヶ月前、市教育委員会生涯学習課の職員S嬢から資料等を頂いたお礼と御挨拶に伺うためである。

この日はちょうど出勤日であったのか、快くお会いすることができたのである。小生の娘よりお若い、そして美人であった。長い時間を割いて頂き、お話をすることができた。記念撮影を済ませたのちお別れとなった。

さて、これから目的の福島潟へ向かう。国道４６０号線を南西に向かう。やっと新発田市と新潟市の境界を過ぎると、田圃でも畑地でもない、うっ蒼としたセイタカアワダチソウが生い茂り、潟湖らしきものは全然見ることのできない所が続き、遠くに円筒形の建物がポツンと建っている。そこまで辿ることにした。三時間程歩いたと思う。ここは「ビュー福島潟」という観光スポットとなっていた。七階建てで円形の展望デッキで潟湖全面が見渡せるようになっている。

やはりこの潟湖の大きさが良く判った。近くの葦の湖面には鴨や鴻の群れがのんびりと浮かんでいる。そこで愚作を一句詠む。

鴨浮きし福島潟湖風さわぐ　正業

三階の展望台で昼食を摂る。およそ一時間の休憩後、新潟に向かって歩を進める。途中豊栄《とよさか》地区付近で一天にわかにかき曇り、どしゃぶりとなった。しかし一向に止む気配がない。仕方なく豊栄駅（JR白新線）で若干休憩をとることにした。本日計画の散策は新潟市街が残っており、この駅から新潟駅まで電車を利用することにした。駅に着く頃には雨は止み、目的の句碑散策を始めることにした。

まず新潟市街（新潟市古町）にある船江大神宮本殿前左側にある句碑は、

海に降る雨や戀しきうき身宿　芭蕉翁

とあり、安政四年（一八五七）、柳々舎による建立とあった。

次に護国神社（駅から南西海岸近く約一・五キロ）に立ち寄ることにした。本殿に参拝したのち、芭蕉楽園という所に向かう。

ここには芭蕉堂（石組の台座に御影石で囲った石室）があり、周囲の壁に組み込まれた石板があった。その一枚には「海に降る雨や恋しき浮身宿　芭蕉」とある。昭和四十一年（一九六六）五月十五日、日本画家吉原芳仙建立。後日の調べであるが、船江大神宮の句とここの句も新潟の句であることも、芭蕉の作であることも現在では疑わしいとされている。またこの石室の隣りには蓑塚があり、新潟の大工源七母宅に元禄二年（一六八九）七月二日頃逗留したとあり、その時古くなった蓑をこの蓑塚に埋めたとされる。建立者も芭蕉堂と同じ、吉原芳仙氏によるものであった。

曾良日記（七月）にはこのように書かれている。

「二日……新潟へ申ノ上刻、着。一宿ト云、追込之外は不借。大工源七母有情、借。甚持賞ス。三日快晴。新潟を立。馬高ク無用之由、源七指図ニテ歩行ス。申ノ下刻、弥彦ニ着ス。宿取テ、明神へ参詣」

この芭蕉堂の撮影を撮り終えた頃はもうすっかり夕暮れとなったが、新潟市街へ戻る前にもう一箇所、海岸から望む佐渡島を是非にもと思い、ここから海岸まではさしての距離ではないので、見渡せる日和山展望台へ向かう。豊栄地区で大雨に晒された雲がこの海岸まで流されてきたのか、佐渡島の方へ棚引いてゆく。しばしの休憩中、愚作を詠もうと思ったが、やはりここでは翁の句を思い出したのである。

荒海や佐渡によこたふ天河　（おくのほそ道句）－カラー写真の部参照

この地で詠まれた句ではないが、そんな気持ちであった。
信濃川の河口近くに架かる万代橋を渡り、夜の新潟市街をぶらつき、夜行バスの発着まで過ごしたのである。今回の旅は雨に祟られた散策であった。

【道程】
村上駅・坂町駅～乙宝寺～北国浜街道～塩津潟跡～新発田駅
二七キロ
新発田市街～豊浦支所～福島潟～新潟市街～護国神社～
新潟港（日和山展望台）～新潟駅　二四キロ（累計　八六六キロ）
芭蕉句碑　二基（累計　一〇一基）

おくのほそ道句碑
存疑句碑

なし（累計　八九基）
三基

其ノ二十七　越後路（新潟・弥彦・出雲崎・柏崎）を歩く

平成二十一年四月二十二日（水）～四月二十五日（土）
――新潟駅・吉田駅・弥彦駅～彌彦神社～宝光院（おくのほそ道句碑）～西生寺（芭蕉誤伝の句碑）～良寛史料館～ＪＲ分水駅・出雲崎駅～民宿まるこ泊
出雲崎町内～良寛堂～大崎屋跡（芭蕉一泊宿）～芭蕉園（銀河の序石碑）～妙福寺（俳諧伝灯碑）～夕日の丘公園（良寛記念館）～出雲崎海岸～出雲崎駅・柏崎駅

新潟（越中）方面は雪も解け、桜咲く季節を迎え今年最初の旅となった。ＪＲ池袋駅発夜行バス二十三時三十分、新潟駅には翌朝四時五十分着。ＪＲ新潟駅から越後線・吉田駅経由弥彦駅には七時五十分に到着した。

駅舎は古めかしい瓦葺き屋根のある小さな一軒家の家屋風である。正面ロータリーを過ぎ両側の植込みに桜が咲き、駅から上る中央通りには沢山の桜（八重桜）が白・ピンク等最盛期の時期にめぐり会えたのであった。「彌彦神社」までの通りを過ぎ、一の鳥居から長い東参道を進み随神門を潜り拝殿に詣でる。

御祭神は天照大御神のひまご天香山命（アメノカゴヤマノミコト）だそうだ。越後開拓の神、和銅四年（七一一）の頃造営。社殿は改修されたものか大変きれいで立派な社であった。この神社境内には句碑は建立されておらず東参道を出て、北へ歩を進め宝光院に向かう。十五分程で、この宝光院に着いた。

宝光院は建久六年（一一九五）、源頼朝公の発願による大日如来を本尊として開基されたと言われている。小さな本堂から朝の読経が聞こえてきた。小生も手を合わせた。この社に芭蕉が一夜の宿を取ったと言われている。境内も小さく、すぐに芭蕉句碑を見つけることができたのである。句碑は、

「荒海や佐渡に横たふ天の河」芭蕉句碑、宝光院本堂前（弥彦村）

荒海や佐渡に横たふ天の河

とあり、裏面には「元禄二年（一六八九）七月三日。俳聖芭蕉この地に泊る。昭和四十九年七月三日建立。弥彦村長渡邊義雄」とあり、説明書には「俳聖松尾芭蕉は門人曾良と共に奥の細道をたどった漂泊の旅の途中、元禄二年（一六八九）七月三日弥彦神社に詣でてこの地に宿泊している。……」とあった。「曾良随行日記」には、「**三日快晴。新潟ヲ立。（中略）申ノ下刻、弥彦ニ着ス。宿取テ、明神へ参詣**」とある。

　弥彦の村長さんが建立した句碑の日付は、芭蕉が宿泊した七月三日に合わせている。新潟の荒波を模した立派な句碑である。

撮影後西生寺に向かう。弥彦山・雨乞山が連なる山道を登り、弥彦山スカイラインの登り口付近から次第に勾配がきつくなってきた。およそ二時間以上登り、海岸側野積地区の山道を行く。やっと西生寺へ辿り着いた。

この寺は天平五年（七三三）の建立。現存する最古のミイラ（弘智法印）の即身仏がある。本堂に参詣したのち境内の片隅に御堂があり、この近くに「芭蕉参詣の碑」として建立された句碑があった。

文月や加羅さけ拝がむ乃寿三山　　はせを

裏面には「平成元年八月十八日、芭蕉翁おくのほそ道紀行三百年記念句碑、建立施主東京都荒川区西尾久七の一七の八、坂井敏」とある。

後日、芭蕉翁記念館（三重県伊賀市）の芭蕉翁顕彰会に問い合わせた結果、この句は誤伝の部になり、芭蕉句ではないとの回答を得たのである。よってこの句は誤伝の句碑として一基計上する。

撮影後、野積地区の海岸へ向かう。この辺は海水浴場として人気があり、砂浜が長く続く。また伝説によると天香山命（アメノカゴヤノミコト）が日本海の荒海を船で渡り、越後の国の「野積浜」に上陸したとされる場所であるそうだ。もうすでに昼も過ぎ、やっと一軒のラーメン店（丸金丸）で昼食とした。海は静かであるが、分厚い雲が佐渡島の方へ棚引きどんよりとした天候である。

休憩後、越後線ＪＲ分水駅近くにある燕市分水良寛史料館まで歩を進める。海岸沿いを歩き新信濃川（大河津分水路）の河口に出た。東南方向河口から分水駅に向かって歩く。およそ二時間を要し、この資料館に辿り着いた。

もうすでに十五時近くなり、館内をゆっくりと見学する時間がなくなっていた。仕方なく受付嬢と若干のお話の後、陳列台の中にある一冊『良寛の俳句』という本を購入した。良寛について、もう少し情報収集したかったのであるが、残念であった。

分水駅から電車に乗り、十六時十四分頃出雲崎駅に到着。ここから今日の宿泊地「民宿まるこ」まで歩く。駅から国道３５２号線を海岸に向かって進み、およそ四キロ以上あったのか宿には十六時にやっと辿り着いた。風呂をお願いし、夕食後早めに寝ることにした。

翌朝八時四十分宿を発つ。海岸沿いに走る国道402号線を北東へ一〇〇メートル程歩くと、良寛堂があり、御堂の裏手になるが、良寛坐像（石像）がある。この坐像の上側が正面の御堂で良寛和尚誕生の跡の大きな石碑と石畳がある。資料によると、良寛の生家橘屋跡で御堂内には良寛持仏の枕地蔵がある。海を背に自然に手を合わすことができた。また遠くに佐渡島がうっすらと浮かんでいた。

ここから住吉町の「旅人宿大崎屋跡」に向かう。

通りに面した二階の屋根が若干傾き加減の家であった。解説板によると、「元禄二年（一六八九）この北陸道に奥の細道の行脚をしていた芭蕉はここ大崎屋に一泊したのは七月四日で……中略……俳聖芭蕉はこの地での名吟『荒海や佐渡によこたふ天河』の句を詠んだ」とある。

また反対側の通りに面した所に小さな芭蕉像が建立され、奥まった所に「銀河の序」の文学碑がある。なかなか立派な波形をなした碑である。碑文には「ゑちごの驛出雲崎という處より……山のかたたち雲透にみへて波の音いとゝかなしく聞え侍るに」と

「銀河の序」文学碑、芭蕉園庭園内（出雲崎町）

ある。

荒海や佐渡によこたふ天河　　芭蕉

昭和二十九年（一九五四）七月四日、佐藤吉太郎耐雪建立で、三重県上野市の芭蕉遺墨を収集家故菊本氏所蔵のものを写真拡大したものであった。現在、出雲崎町指定文化財として保存されている。

ここから出雲崎・岩船町へ歩を進める。山側中腹付近に妙福寺がある。結構長い急な階段を登った小さな寺社である。目的の句碑（俳諧伝灯塚）は境内にあり、新旧の碑が並んで建立されていた。旧碑は高さ九〇センチ程の四角柱で四面ともに風化が進

「荒海や佐渡に横たふ天の川」俳諧伝灯塚、妙福寺境内（出雲崎町）

み刻印を判読することができなかった。

資料によると、宝暦五年（一七五五）三月十二日、近青庵北暝による建立で四面の内の一面には「荒海や佐渡に横たふ天の川」が彫られているらしい。また新碑は高さ一六五センチのやはり四角柱で正面側に三句が彫られている。この新碑ははっきりと判読できる。

五月雨の夕日や見せて出雲崎　（二世）東華坊・別号服部支考

荒海や佐渡に横たふ天の川　芭蕉翁

雪に波の花やさそうて出雲崎　（三世）盧元坊

新碑の別面に「大正十一年（一九二二）三月、佐藤吉太郎耐雪建立」とある。かすかに見える佐渡島を眺めながらしばし休憩をとる。海岸沿いの砂浜まで下り、道の駅・天領の里・夕日ライン橋まで散策、また国道352号線に戻り、良寛記念館まで歩く。ここは「にいがた景勝百選」一位とされ、眺望絶景が見られるらしい。記念館に入館し、良寛の遺墨・遺品・御給伝・文献等を閲覧させて頂いた。

館内を出たのち、小高い歩道を行くと、ここが「夕日の丘公園」で、遠く佐渡島を見ることができた。佐渡島は霞がかり、はっきりと見ることができなかった。ここで愚作を一句。

朝かすみ荒海見せぬ出雲崎　正業

この公園の中央には良寛と子供が遊ぶ三体の銅像があり、良寛が詠んだ句歌「この里に手まりつきつつ子どもらと遊ぶ春日はくれずともよし」と「子らや子ら子らが手を取る躑躅《つつじ》かな」の句歌が良く似合う銅像である。

出雲崎での目的の散策はこれで完了とする。JR出雲崎駅までおよそ四キロの道を歩く。およそ一時間を要した。

芭蕉翁はこの出雲崎の後柏崎で一泊の予定であったが、どういう訳かこの地を通り過ごし鉢崎まで歩を進めている。曾良日記（七月）によると、

「五日朝迄雨降ル。辰ノ上刻止。出雲崎ヲ立。間モナク雨降ル。至柏崎、天や弥惣兵衛へ弥三良状届、宿ナド云付ルトイヘドモ、不快シテ出ツ。道迄両度人走テ止、不止シテ出。小雨折々降ル。申ノ下尅、至鉢崎、宿たわらや六兵衛」

とある。特に「・」を付した部分において出雲崎を出発し柏崎で逗留を予定していた。芭蕉が何故鉢崎宿まで歩を進めたのかは幾つかの文献を調べたが、確証ある回答を見つけることができなかった。

『週刊おくのほそ道を歩く』（角川書店）の越後編の中に「芭蕉の宿を断った柏崎」として述べられている。これによると、芭蕉の姿がみすぼらしく、天屋弥惣兵衛がよほど失礼な態度をしたのだろうとか、紹介状を書いた低耳が信用のない人物だったせ

いだろうとかと言われている、とある。
小生の旅においても同じようなことがNホテルであり、宿泊を変更したことがあった。当時においても可能性のある事象と思えるのであった。旅も次の柏崎・鉢崎宿は芭蕉翁の足跡が余りなく、次回の散策は高田・直江津から出発とした。

【道程】
新潟駅～彌彦神社～宝光院～西生寺～良寛史料館～出雲崎海岸～ 二七キロ
宿泊地（まるこ旅館）
出雲崎町内～良寛堂～大崎屋跡～芭蕉園～妙福寺～良寛記念館・夕日の丘公園～
出雲崎海岸～JR出雲崎駅～柏崎駅 一〇キロ
（累計 九〇三キロ）
芭蕉句碑 なし（累計 一〇一基）
おくのほそ道句碑 四基（累計 九三基）
誤伝の句碑 一基

其ノ二十八　北国街道（直江津・名立・糸魚川・親不知・市振）を歩く

平成二十二年五月二十四日（月）～五月二十八日（金）
――ＪＲ池袋駅前・ＪＲ高田駅前～池田六左衛門宅跡～正輪寺（芭蕉句碑）～金谷山中腹（芭蕉句碑）～高田駅・直江津駅～本敬寺（芭蕉句碑）～琴平神社（芭蕉句碑）～聴信寺～五智国分寺（芭蕉句碑）～名立（宿泊地）～名立（ホテル光鱗）～筒石地区～白山神社（芭蕉句碑）～久比岐自転車歩行道～早川～糸魚川（宿泊地）～糸魚川（ホテルエビヤ）～親不知駅～親不知展望台～長円寺（芭蕉句碑）～市振宿～市振駅～富山駅―高速夜行バス～市ヶ谷（グランドヒルホテル前）

小生の旅もいよいよ後半に掛かり、ＪＲ池袋駅発（西部バス夜行）で出発する。直江津が降車地であるが、高田駅を経由するので高田駅で下車した。高田駅からの散策を開始する。朝五時二十一分頃であった。

コンビニで朝昼用のおにぎり等を調達し、六時頃から歩き始める。まず芭蕉翁は、この高田で三日間逗留しているが、三日目はこの近くにあったとされる池田六左衛門宅に宿泊したというが、近くにある高田橋周辺を探すもそれらしき跡地は判らない。三十分程探したが、残念ながら見つけることができなかった。仕方なく跡地探しは断念した。

南へおよそ二キロ、上越市南本町にある「正輪寺」へ向かう。臨済宗正輪寺といい、本堂横右手の地蔵前に句碑がある。まず本殿に詣でる。

朝のお務めの住職による読経が聞こえてきた。うやうやしく手を合わせていると、奥から奥方らしき人が近づき、早い参詣のお札をおっしゃった。小生は、旅の途中でこの寺にある句碑の撮影をお願いすると、快く了解してくださり、当寺にある句碑の資料を頂くことになった。早速門前に戻り撮影した。

正面中央に芭蕉翁と刻印され、高さ約九五センチ、幅約五〇センチの自然石を形

「景清裳花見の坐尓八七兵衛」芭蕉句碑、正輪寺境内（上越市）

作った句碑である。右側に「景清《かげきよ》裳《も》花見《はなみ》の」とあり、左側に「坐尓八七《やにわしち》兵衛《しょうえ》」とある。碑裏には「宝暦十五年 癸未《みづのとひつじ》十月十二日南嶺菴連中建」とあった。芭蕉七十回忌の宝暦十三年（一七六三）の建碑である。文献によると、芭蕉句として、貞享五年・元禄元年（一六八八）の作とするも、現在は年次不詳とされている。本堂に再度合掌しこの寺を後にした。

次の目的地（上越市大貫）金谷山中腹にある句碑まで歩を進める。余り高くない山（一四・五メートル）を登る。ここは明治四十四年（一九一一）、オーストリアのスキー名手と言われたテオドール・エドラー・フォン・レルヒ小佐により陸軍にスキー技術（一本竹竿ストックで滑る）を伝授した山で、二キロ程の山道を三十分掛けて登る。

目的の句碑はこの中腹（金谷山金谷桜庭）の林の中にある。手前に解説板、左奥に

「薬欄にいづれの花をくさ枕」芭蕉句碑、金谷桜手前にある小高い林の中（上越市）

句碑が建立されている。

薬欄にいづれの花をくさ枕　　芭蕉翁

解説板によると、薬園の草が秋で美しいが、どれを枕にして、ここに旅寝しようかと、主人（高田の医者・細川春庵）への挨拶をこめて詠んだとある。

句碑の裏面には、松田祖明・高城畔社中建立。

この句碑は文化三年（一八〇六）、榊原藩士安田縫之助らによる建立とある。撮影後ここから三キロ程歩き高田駅まで戻る。直江津駅まで電車に乗り、目的の句碑散策を開始する。上越市上荒浜にある、本敬寺・琴平神社（上越市中央）に向かう。
まず本敬寺の句碑は、
　さびしさや花《華》のあたりの翌檜《あすならふ》　　はせを
この句は寛政年間（一七八九〜一八〇二）頃、地元の俳人能倉平十郎幸亭・香川黒魚建立とある。この句は貞享五年・元禄元年頃に詠まれた句で、笈《おい》日記の中にある。
撮影後琴平神社に向かう。湾口に注ぐ関川、ここに架かる荒川橋を渡ったすぐの所に小さな琴平神社がある。海岸側に建立された菱形の句碑で、刻印は全部を判読するのに苦労する。
　文月や六日も常の夜には似ず　　はせを
文政十年（一八二七）、福永里方による再建立とある。
また社務所前に新しく再々建立され、碑裏には、平成二十一年八月八日三八朝市まちづくり協議会等による菱形の句碑文字を再々建立したとある。刻印は「同文」である。

この句は、おくのほそ道での句で、直江津で句会を催し、この時に詠んだという。

この神社を後にし、三八朝市が実施される町内に「聴信寺」がある。芭蕉翁が象潟で同行した低耳（弥三郎）が書状をこの寺に届け、宿を頼

「文月や六日も常の夜には似ず」芭蕉句碑、琴平神社境内（上越市）

もうとしたが断られてしまう。別の宿において、土地の俳人衆と句会を催したとある。

ここからいよいよ県道468号線を、郷津—国道8号線—谷浜—有間川—名立へ向かう。

まず県道468号線を南へ歩く。目的地は「五智国分寺」、十一時三十分頃到着した。

このお寺の五智とはどのようなことなのか、気になり拝殿に参拝し、配付された資

料によると、「阿弥陀如来」「薬師如来」「胎蔵界大日如来」「宝王如来」「釈迦如来」の五つの如来像が安置されており、この世の人の祈りが、ここではすべての御利益がかなえられるお寺という。虫のいい所である。この旅が無事完了することを祈り手を合わせた。

拝殿の前庭に芭蕉句碑がある。

古池や蛙飛こ無水のおと　はせを

右端には元禄三年庚午三月三日とあるが、建立者は不明であった。撮影後山門近くのお休み処で昼食を摂る。

この辺りのお墓近くに句碑があり、句碑は、

薬欄にいつれの花をくさ枕　芭蕉翁

とある。裏面には「明和七年龍《たつ》矣《い》庚寅歳《かのえとらどし》五月十一日」とあった。資料によると倉石敏波建立とある。

解説板には旧暦七月二日新潟、三日弥彦、四日出雲崎、五日鉢崎を経て、今町（直江津）を訪れ翌七日も滞在し、八〜十日まで過ごしたとある。

これで五智国分寺の散策は完了とした。県道468号線を名立地区に向かって歩を進める。日本海特有のどんよりとした空、どうも雨になるような雲行き、途中国道8号線から郷津・糸魚川（中宿）まで続く久比岐自転車歩行道（延長約三二キロ）を急ぐことにした。JR北陸線有間川駅付近から雨になり、頸城《くびき》トンネル付近では本降りとなった。

ずぶ濡れになり、十七時二十五分頃、本日の宿泊地（名立）に辿り着いた。濡れたズボン、ポンチョ、帽子等を脱ぎ、まず風呂に入ることにした。ジャクジー付の浴槽に浸り、今日一日の疲れを大分取ることができた。

夕食は食堂での魚料理を結構おいしく頂いた。当然ビール、お酒が進む。ほろ酔い気分で、部屋に戻った。外は雨、岩礁にはじける轟音がやけに大きく聞こえてくる。リュックの整理後寝込んでいた。

平成二十二年五月二十六日（水）小雨

六時三十分頃目が覚める。朝食を済ませ、八時三十分出発する。梅雨に入っているのか特有の雨がしとしと降っている。

海岸に打ち寄せる波の音が、大きく大太鼓を打ち鳴らしているようだ。国道8号線と並行して走る久比岐自転車歩行道を歩く。ＪＲ北陸線筒石駅近くでは十時頃、ここから海岸近くにある道の駅（マリンドーム能生）には十二時に到着した。休憩を兼ねて昼食を摂る。海が荒れて、白波が岩壁にはじけ、しぶきが飛んでくる。休憩後ここから二キロ程先に能生町、すぐに白山神社がある。

石段を登り、奥まった山肌の所に小さな茅葺き屋根の社がある。随分古めかしい。拝殿に合掌させて頂いた。神社の入口付近に目的の句碑と解説板がある。解説によると「越後能生社汐路の名鐘」とある。

次に名鐘の謂《いわ》れが刻印された句碑には、

曙や霧にうづまく鐘の聲　芭蕉

「曙や霧にうづまく鐘の聲」芭蕉句碑、白山神社境内（能生町）

とある。裏面には大正十五年三月、岡本五右衛門憲孝この地に移建したとある。また句碑自体は文政五年（一八二二）九月に建立されたものらしい。現在文献によればこの句は芭蕉の発句として伝来するも、決定しがたいもので参考として収録されている。やや現実性のあるものとして真作の可能性としている。薄暗い本堂の中にこの汐路の鐘・聖観音像が安置されていた。

本日の句碑散策は完了する。ここから宿泊地糸魚川市街地まで一五キロ程歩く。雨がまとわりつく。久比岐自転車歩行道をとぼとぼと歩く。途中ＪＲ北陸線浦本駅近くで十五時三十分頃、郷津から続く終点糸魚川（中宿）まで辿り着いた。

この近くに日本海に注ぐ早川という河川があり、ここに架かる橋を渡る。芭蕉翁当時にはこの川には橋がなかったという。

曾良日記では、七月十二日の項に次のようにある。

「**天気快晴。能生ヲ立。早川ニテ翁ツマヅカレテ衣類濡。川原暫干ス。午ノ尅糸魚川ニ着。荒ヤ町、左五左衛門ニ休ム……**」

橋を渡ってからは国道8号線の歩道を歩く。雨はさしての降りではないが、走り来る大型トラックの水しぶきに悩まされる。やっと糸魚川市街地に辿り着いた。幾つ目かのバス停留所で休憩をとる。

およそ糸魚川駅まで五キロ付近まで来た。近くのバス停（大和川農協前）からバスに乗車して駅前にあるビジネスホテルに十七時五十分頃に到着した。まず濡れたズボン、ポンチョ、帽子等を部屋の中に干し風呂に入る。駅前の食堂で夕食とした。雨は降り止まず部屋に戻る。明日の準備を整えてベッドに入り寝入っていた。

平成二十二年五月二十七日（木）小雨
やはり今日も一日中雨が降り続きそうである。

八時ホテルを出発。糸魚川市街の句碑散策は取り止め海岸近くに建立されている像「奴奈川姫《ぬなかわひめ》・その子建御名方命《たてみなかたのみこと》」を拝顔させて頂き、またこの近くに流れ込む姫川の上流にあるヒスイ峡で採れるヒスイについて、この小公園で教養を高めることができた。

ＪＲ北陸線糸魚川駅から親不知駅まで電車を利用する。親不知駅には九時五十五分頃到着。駅前にある解説板によると、駅周辺（山側）は水上勉の文学碑、親不知交流センター、大平峠、麻尾山展望森林公園、グリーンパーク親不知等散策できるハイキングコースとなっている。

しかしこの雨ではどうしようもない。海岸に打ち寄せる波の砕け散る音は名立で聞いた音以上に大きく聞こえてくる。海岸沿いにある「道の駅ピアパーク」まで歩く。休憩後、目的地である親不知展望台―市振・長円寺―市振駅を目指す。ここから8号線を歩く。親不知（北陸自動車）ＩＣまでの歩道部分を問題なく歩くことができた。いよいよ親不知トンネルへ続く。

片屋根式の隧道（正規には洞門というそうだ）を歩く。この隧道は、崖から落下する土砂・岩石・雪崩等を防ぐように設計され作られたという。歩道部分は狭く、カーブが多い。大型トラックがブンブン飛ばして来る。危険極まりない。柱側の対向車線を歩く。逃げる時は柱の裏側に張り付く。トラック等が通り過ぎたらまた歩く。悪戦苦闘、およそ三キロを一時間掛けて通り抜けた。

やっと親不知記念広場に出た。ここは別名「青海八景《オウミハッケイ》・天険断崖黎明《テンゲンダンガイレイメイ》」という天望台である（カラー写真の部参照）。なかなかの絶景ポイントであるが、今日の天候では、空は霞がかり、岩壁に大波がはじけ飛んでいる状況であった。どこから飛んできたのか、番《つがい》らしき燕がスイーと飛んで行く。打ちつける波の音に驚かされたのか宙返りして飛んでいた。

展望台の端に設置されてある解説板には、この親不知の由来について解説されており、一説には危険な波打ち際では自分の身を守るのが精いっぱいで、親は子を忘れ、子は親を顧みるいとまがなかったことから親しらず、子しらずという説。また一説には平安時代末平清盛の弟（池中納言平頼盛）は平家滅亡後も一人栄えていたが、京の子どもたちの悪口に耐えきれず、所領である越後五百刈村（長岡市）旧中之島町五百刈村へ移り住んだという。頼盛を慕ってここを通りかかった夫人が、二歳の愛児をふところから落とし、波にさらわれてしまった。その悲しみのあまり詠んだ歌が「親しらず子はこの浦の波枕、越後の磯のあわと消えゆく」。それ以来この地を親不知、子不知と呼ぶようになったという。芭蕉翁もこの波打ち際を歩いたという。ここで、小生の愚作を一句。

海鳴や飛燕嚇かす親不知　　正業

休憩後また雨の中を歩き、親不知観光ホテルまで辿り着いた。

このホテルの裏は親不知の断崖になっており、この下の波打ち際を芭蕉翁が歩いたというが、今日の天候では覗くことなどできない。昼食を摂った後、雨の中をまた隧道を歩く。危険極まりない道路を何度か柱にすがりながら歩く。悪戦苦闘の末この難所を乗り切ることができた。すぐに8号線のトンネルを過ぎ、この8号線の歩道を歩く。随分気持ちが楽になった。およそ一時間を掛け、山肌に沿った所に長円寺の看板があり、すぐに辿り着くことができた。境内に入り、目的の句碑を雨の中で撮影する。

「一つ家に遊女もねたり萩と月」芭蕉句碑、長円寺境内（青海町）

一つ家に遊女もねたり萩と月　　芭蕉

解説板によると、芭蕉は七月十二日この市振の宿に泊り妙趣に香る遊女の句を詠んだ。この句碑は郷土の文豪「相馬御風」の書により、大正十四年（一九二五）に揮毫されたもので、二十二世深沢大峯建立とある。句碑の刻印が雨に濡れはっきりと読み取れなかった。

この寺から先が市振宿だ。現在では新潟県青海町市振という。静かな漁村で三十数戸の集落である。この宿の入口の大きな一本松が迎えてくれた。通りを歩き中程に、奥の細道市振桔梗屋跡の木柱が建立されていた。しかし芭蕉翁が宿泊したとされる「脇本陣」の宿らしきものはなく一戸の民家になっていた。

撮影後JR北陸線市振駅に向かう。今回の散策はこの市振駅で完了とする。雨に祟られた散策であった。富山駅まで戻り、ここから夜行高速バスに乗り、東京へ戻る。

【道程】

高田駅前~直江津~名立　二八キロ

名立~糸魚川　二九キロ

糸魚川市街~親不知~市振　二一キロ（累計　九八一キロ）

芭蕉句碑　四基（累計　一〇五基）

おくのほそ道句碑　五基（累計　九八基）

其ノ二十九　北国街道（市振・泊・滑川・高岡・金沢）を歩く

平成二十二年八月二十五日（水）～八月二十九日（日）

――ＪＲ市振駅・泊駅～朝日町（芭蕉句碑）～十三寺（芭蕉句碑）～入善・観音寺（はせを塚）～黒部大橋土手（奥の細道記念碑）～四十八ヶ瀬橋～生《いく》地《じ》・清水庵《しょうずあん》の清水《しょうず》～魚津・大泉寺（小貝塚）～滑川《なめりかわ》市街～櫟原《いちはら》神社（芭蕉句碑）～徳城寺（芭蕉句碑）～滑川宿泊地（芭蕉句碑）

滑川宿泊地～海岸際川瀬屋跡～水橋神社（芭蕉句碑）～放生津《ほうしょうづ》八幡宮・荒屋神社（芭蕉句碑）～氷見《ひみ》・常願寺（芭蕉句碑）～雨晴海岸～高岡宿泊地

高岡市街地～万年寺（芭蕉句碑）～永安寺（芭蕉句碑）～高岡駅・石動《いするぎ》駅～城山公園（芭蕉句碑）～埴生《はにゅう》護国神社・倶利伽羅《くりから》峠～矢立山～猿ヶ馬

場（芭蕉句碑・芭蕉塚）～天田峠バス停～石動駅・金沢駅（夜行高速バス）～東京

「くろべ四十八か瀬とかや、数しらぬ川をわたりて那古《なご》と云浦《いうら》に出《いず》。担籠《たこ》の藤浪は春ならずとも、初秋の哀《あわれ》とうべきものをと、人に尋《たずね》れば、是《これ》より五里いそ伝《づた》いして、むこうの山陰にいり、蜑《あま》の苫《とま》ぶきかすかなれば、蘆《あし》の一夜《ひとよ》の宿かすものあるまじと、いいおどされて、かがの国に入《い》る」

わせの香や分入右は有磯海

（角川書店『週刊おくのほそ道を歩く』より「有磯海」の原文抜粋）

市振を旧暦七月十三日（陽暦八月二十七日）に出発し、越後から越中に入った芭蕉主従。

小生の旅も新潟県から富山県・石川県へ向かうことにした。前回の旅においては雨

「わせの香や分入右ハあり磯海」芭蕉句碑、近江幸男氏宅前（朝日町）

に祟られ随分難儀な旅となった。今はもう夏真っ盛りの散策となった。
　ＪＲ北陸線富山駅から市振駅に向かう。まず泊駅に途中下車。
　この辺は富山県朝日町という所で、国道８号線を東へ元屋敷地区へ向かう。ここに目的の句碑が建立されている。句碑の大きさは高さ二メートルを超すもので、刻印は彫りが深くすぐに判読することができた。

わせの香や分入右ハあり磯海　　芭蕉翁

資料によると「文政元年（一八一八）、伊東竹堂建立白梅園白甫書」とある。裏面には刻印がなかった。
次の目的地十三寺から入善駅までの距離約二五キロを歩いては入善で宿泊すること

になり、次の滑川までは辿り着けないことが予想されタクシーを利用する。この十三寺の小さな山門まで余り時間を要しなかった。すぐに目的の句碑があった。

うらやまし浮世能北の山さくら　　はせを翁

資料によると、「北陸三十三番札所、天保五年（一八三四）、脇坂家七代目太郎右衛門建立、亜喬書」とあった。

次の北陸線入善駅近くでタクシーを下車し、観音寺へ向かう。本堂に参詣し、庭の片隅に「はせを塚」と副碑「翁塚」が並んで、文政三年（一八二〇）頃建立されている。入善の俳人斗来君貌《とらいきみかた》らの建立行脚梯志書とある。

いよいよここから滑川駅まで歩を進める。まず黒部大橋まで六キロ程歩く。炎天下の暑さは並のものではない。

国道8号線の歩道部分でも蓄熱した暑さが、もろに体を突き刺してくる。とぼとぼとこの大橋には十時二十五分頃に辿り着いた。休むと汗が一気に噴き出てきた。

この橋の土手際を日本海に注ぐ下流へと歩く。すぐに目的の奥の細道記念碑がある

「わせの香や分け入右ハありそ海」芭蕉記念碑、四十八ヶ瀬大橋上流土手（入善町）

所に出た。高さ六〇～七〇センチの芭蕉像と、おくの細道文学碑（那古の浦巻頭文抜粋とある）、その右に解説板の三基である。

　解説板には、おくの細道紀行の元禄二年七月十三日（陽暦八月二十七日）に入善町を通過したこと、次に曾良随行日記（七月十三日）に芭蕉翁自筆本からの復刻した句「わせの香や分け入右ハありそ海」があり、俳句文化の興隆を願い、第十回「奥の細道」入善サミットの開催を記念して平成九年入善町により建立したとある。

　近くにある大木の木陰で四十八ヶ瀬大橋を眺めながらしばし休憩とした。この記念碑裏の土手を四十八ヶ瀬橋に向かって歩く。しかし大橋は近くに見えるがなかなか辿り着けない。やっと橋の袂に着いたが、二キロ程歩いていた。

芭蕉主従はこの近くの浅瀬を見つけ徒歩で渡ったという。

幅員約五、六〇〇メートルはありそうだ。この橋から下流は湾口で黒部川の最終点である。ここから四キロ程先の富山湾を一望できる生地《いくじ》地区の黒部漁港へ歩く。

「名水百選」に選ばれた場所が、黒部漁港周辺には一八箇所、黒部川扇状地湧水群としては約六〇〇箇所もあるという。

この中の一つ「清水庵《しょうずあん》の清水《しょうず》」に辿り着いた。

知る人ぞ知る結構人気のある名水である。小生の前にお年寄り衆五、六名が先に汲んで持ち帰っていた。小生も続いてこの名水を汲み、ごくごくと続けて飲む。また空ペットボトルにも詰めこんだ。

近くにある解説板によると、この清水は「約三〇〇年前、元禄二年の夏俳聖松尾芭蕉が越中巡遊の途中、日蓮宗の経妙寺（清水庵）に足を止め庭にこんこんと湧き出す清らかな水を見て、道場の名を『清水庵』と命名したことに由来している」とある。

しかし曾良日記（七月十三日）の項には、この生地地区に立ち寄ったとは記録されておらず、史跡等もない。

清水庵《しょうずあん》 清水《しょうず》に残す瓜もなし　正業

次の目的地、魚津地区にある大泉寺に急ぐことにした。

大泉寺の境内からすぐの所に建立された、芭蕉翁三百回忌の塚碑と奥に「小貝塚」がある。

解説板によると、この小貝塚は地元の俳人知二斉倚彦《ちじさいいげん》により建立、各務支考《かがみしこう》（芭蕉の弟子）から芭蕉が常に持ち遊んでいた小貝を譲り受け明和二年（一七六五）の春ここに埋めて塚を作ったとある。芭蕉はこの地には立ち寄っていない。

滑川市街までおよそ八キロ、曾良日記の旧七月十三日の項に**「暑気甚シ」**とあり、今日（八月二十六日）も熱気は並のものではなく、随分体力を消耗し、疲れてしまった。近くに私鉄（地鉄電車）があり、滑川まで電車を利用する。電鉄魚津駅〜中滑川駅まで乗車する。予約したビジネスホテル（サンルート滑川）にチェックインしたのち、滑川市街の散策を続行した。

まずこのホテルの入口にある外階段壁にうめ込まれたプレートに句がある。

早稲の香や分け入る右は有磯海　芭蕉

フロントにこの句碑について尋ねると、一九九一年七月このサンルート滑川のホテルがオープンした当時、魚津の詩人江幡春涛の揮毫により設置されたものと判った。句碑散策の一基とする。

フロントで宿場回廊マップを頂き、「櫟原《いちはら》神社」・「徳城寺」の散策に向かう。南へ三十分程、海岸近くにある櫟原神社。庭園は広く、この一角に句碑があった。

志ばらくは花のうへなる月夜か那　翁

解説板によると、松尾芭蕉が元禄四年（一六九一）に詠んだ句とあり、裏面には「安政二乙卯年（一八五五）初冬発起孤松如青ら四名が発起人となり建立した」とある。

またこの句が、ここの神社にあるかは不明らしい。

「志ばらくは花のうへなる月夜か那」芭蕉句碑、櫟原神社（滑川市）

ここから寺家小学校隣りにある徳城寺に向かう。この寺は山門から本堂まで近く、建屋も小さい。本堂右隣りに増築された建屋があり、その中のガラス張りの中に目的の句碑が建立されている。また建屋の右側に新碑が復刻されていた。旧碑は刻印が風化して判読できない。新碑を対照に判読した。

早稲の香やわけ入右はありそ海　　芭蕉

旧碑は明和元年甲申（一七六四）十月十二日、知十・史耕・阿城らによる建立。新碑は奥の細道紀行三百年記念として、平成元年（一九八九）十一月、有磯塚発起人七名によ

「早稲の香やわけ入右はありそ海」芭蕉句碑、徳城寺（滑川市）

る再建とある。さらにガラス張りの奥に、六角形の塚碑（知十塚）、天明三年（一七八三）知十・川瀬屋七代目彦右衛門による建立がある。

曾良日記の旧七月十三日（新八月二十七日）の項には、**「暑気甚シ」**とあるとおり、小生の散策においても同様に暑さと汗のかき方は並ではない。体力も随分消耗した。着衣のTシャツ以下パンツまでぐしょぐしょである。本日の散策は早々に切り上げホテルに戻る。

翌朝八時にホテルを出発、昨日散策できなかった川瀬屋跡に向かう。散策した櫟原神社がある海岸近くから南へ数百メートルの所に、芭蕉主従が宿泊したとされる川瀬屋跡地がある。

芭蕉翁も眺望したであろう海岸からの富山湾は、夏特有の霞がかかり、水平線を見透かすことができない。ここでは蜃気楼が有名であるがそのような情景を見ることはできなかった。

この跡地に解説板が設置されているが、芭蕉主従が旧七月十三日（陽暦八月二十七日）の夕方に滑川に着き、旅籠の川瀬屋に泊ったとある。地元の俳人川瀬知十が接待し宿泊させ、また徳城寺の境内に句碑を建立したとある。当時新（荒）町の海辺にあったが、明治十三年（一八八〇）に句碑を現在の徳城寺に移転させたともある。

現在、この川瀬屋跡地は荒町公園として、大小の石碑を設置してあるのみであった。八時四十分頃とはいえ海風もなく、暑い。この海岸線に並行する北国街道を南へ歩く。

およそ三キロ先照蓮寺と隣り合わせの水橋神社、古くからある小さな神社。天保九年（一八三八）売薬行商に旅立つ人の安全祈願の社として尊崇されていたという。鳥居を潜り、すぐ右側に大きな台座に建立された句碑がある。

天保十四年（一八四三）、水橋素封家の文人桜井定爾による芭蕉百五十年の遠忌を営み、運座の会においてこの句、

阿か阿かと陽は難面も秋の風　　桃青祠

とある。文献によるとこの句は、おくのほそ道の旅中で詠まれたものとしているが、地域がどこかは特定されていないという。一説には旧七月十七日金沢・北枝亭での吟とも言われている。

「阿か阿かと陽は難面も秋の風」芭蕉句碑、水橋神社（富山市）

富山湾岸沿いを南へおよそ二〇キロ、奈呉の浦・放生津八幡宮まで約五時間を要し、また伏木・氷見・高岡までは今日中には辿り着けそうもない。仕方なくこの水橋地区から放生津八幡宮までタクシーを利用。十二時二十五分頃到着。

「早稲の香や分け入る右は有磯海」芭蕉句碑、放生津八幡宮境内（射水市）

まず社殿に参拝した。境内を見渡すと右奥に建立されている句碑が目につく。随分と風化した黄味色がかった石碑で中半分から破損したらしく、モルタルで補修されている。刻印の風化もひどく句全体を読み取ることが難しい。解説板と対比して判読する。

早稲の香や分け入る右は有磯海　はせを

解説板には、芭蕉主従が旧七月十四日（新暦八月二十八日）、滑川から富山へ寄らず神通川を渡り、海老江を過ぎ松原を通って放生津に入り、氷見の担籠《たこ》へ行く予定であったが、へんぴな所で泊る宿もなかろうと言われ、心もとなく高岡への道を辿ったとあった。この句碑は芭蕉百五十回忌、天保十四年（一八四三）九月、郷土の俳人子邁《しまい》が翁をしのび建碑したとある。

撮影後この近くにある荒屋神社に向かう。小さな神社の片隅に幅一メートル、縦一・七メートルの石板に刻印された文字全部は読み取れないが、やはり解説板と対比して判読した。

大正時代の公爵二條基弘氏による書筆、大正三年（一九一四）八月五日建立と刻印。左側には句があり、「早稲の香やわけ入る類右はあ里磯海」とある。

神社内の木陰で休憩し食事とした。ここから庄川・小矢部川を渡りJR氷見線伏木駅まで辿り着いた。伏木駅から氷見駅まで電車を利用。

目的は常願寺にある句碑散策である。三キロ程先にある。この寺の正門を入るとすぐに本殿があり、境内は狭い。塀際に句碑があった。

早稲のかや分け入右は有磯海　　芭蕉

この寺の奥庭にある「有磯塚」の副碑として、昭和三十三年十月十二日、有磯吟社・

「早稲のかや分け入右は有磯海」芭蕉句碑、常願寺社務所内（氷見市）

氷見市文化財保存会・仕切菊部による建立。

　次にこの寺の奥庭にある句碑については住職の奥方の御案内を受け、座敷に上げて頂き中庭に照らされた古めかしい碑を撮影することができた。奥方から頂いた資料によると、以下のとおりである。

有磯塚（「氷見市資料編（八）」より抜粋）

　長方形の砂岩で、高さ一〇九センチ、幅七六センチ、厚さ二〇センチ。碑面の文字は長年の風化と昭和十三年（一九三八）の氷見大火罹災のためほとんど確認できない。碑面には「早稲のかや分け入右は有磯海　芭蕉翁」と刻まれ、左下には依干見風需書、無明狂者と付記。句碑を建立した見風は、津藩の俳人河合理右衛門で見風の依頼による。筆者は無明狂者（加賀藩家老で前田土佐守直躬の別号）、建立年次は不明であるが、碑面の一部に寛保〇暦年間の文字がわずかに残っている。この寛保三年（一七四三）は芭蕉五〇回忌の年にあたることから、この年の建立とする説もあるが、確定に至っていないという。

常願寺の住職奥方に厚くお礼申し上げお別れした。

氷見駅まで戻り、高岡駅前の予約したホテルにチェックインする。今日も大分疲れた。風呂に入った後ビールを飲み、早々に寝る。

平成二十二年八月二十八日（土）酷暑

七時二十分、ホテルを出発。おくのほそ道からやや迂回する。ＪＲ城端線沿い庄川の上流にある中田橋が架かる場所近くにある万年寺と、戸出駅近くの永安寺から散策を始める。

まず万年寺に向かう。小さな古寺で山門の手前に目的の句碑が建立。

阿加〻と日難面も秋の風　翁

解説板は設置されていない。資料によると、安政四年（一八五七）、高桑甫草による建立。細部は不詳。

「観音のいらかみやりつ華の雲」芭蕉句碑、永安寺墓所前（高岡市）

「阿加〻と日難面も秋の風」芭蕉句碑、万年寺境内（高岡市）

撮影後戸出駅近くの永安寺に向かう。このお寺も古寺ではあるが、規模的にも小さい。

奥のお墓の方へ行くと、周囲が空地の中に一基のみ建立された句碑がある。刻印の下部に甍塚《いらかづか》とあり、

観音のいらかみやりつ華の雲

芭蕉翁

資料によると、曹洞宗《そうとうしゅう》の寺で、本尊は千手観音菩薩、出典は末若葉（其角編）、宝暦年中（一七五一〜六四）に尾崎康ヱ（戸出村の俳人）による建立。句は貞享三年（一六八六）芭蕉四十三歳の

句である。

JR戸出駅から高岡駅経由北陸線石動《いするぎ》駅に向かう。

いよいよ今日一番の難所倶利伽羅峠を越える。

しかし今日もやはり暑い。手前にある城山公園がある標高二〇〇メートル程の御坊山を登る。公園は頂上付近にあり、曲がりくねった階段を登り、大分汗をかいた。

頂上付近の階段脇に句碑があった。解説板があるが、石面は風化が激しくなかなか読み取ることができない。

「花無くげ裸わらわ濃かざし閑那」
芭蕉句碑、城山公園山頂階段（小矢部市）

花無くげ裸わらわ濃かざし閑那　芭蕉

解説板によると「木槿塚《むくげづか》」芭蕉句碑として、昭和四十五年三月十六日、市の指定とある。

芭蕉十哲の一人、各務支考がたびたび

この石動を訪れ、観音寺に滞在して俳諧指導し、俳人従古の家を訪れ、この芭蕉真筆の色紙を見て芭蕉をなつかしみ、支考の著した俳書「東西夜話」に記述したらしい。句碑は酢屋方堅が享保の頃（一七一六）建立したとある。

次に埴生《はにゅう》護国神社へ向かう。この句碑を撮影し階段脇で休憩していると、朝の散歩なのか息を切らし、大型犬を引き連れて登ってきた御主人がやってきた。どちらともなく会釈し、小生が向かう埴生護国神社への道順について尋ねると、ここからではなかなか説明できないので、境内に停めてある車で神社入口まで乗せて頂くことになった。

十五分程度で到着した。せめてお名前だけでもとお聞きしたのであるが固辞され、ここでお別れすることになった。昨日といい、今日もまた親切な人に会うことができ、厚くお礼申し上げる次第であります。

山門をくぐり、結構長い階段を登ると社殿がある。社殿に参拝し、入口付近にある源平の郷、埴生入口まで戻り、源義仲に係る資料等が展示されている館に入館する。

理事の方の案内で、義仲に関する基礎知識を得た後、いよいよ倶利伽羅峠への登山を始める。

埴生入口を迂回する山道（歴史国道～旧北陸道）を進む。石坂地区という所から本格的な山道となっている。勾配もきつく息が切れてきた。

中たるみの茶屋跡付近で休憩をとる。こんもりした森林の中、今を盛りに蝉の鳴き声はやけに五月蠅く耳に残る。風もなく蒸し暑い。峠茶屋跡を過ぎるとここから下り坂になり、源平ラインの車道に出た。

塔の橋付近という所から三叉路に道は分かれ、階段のある中道を登る。途中ペットボトル二本とも空となり若干困惑した。中腹付近の山側の繁みの中に涌水を取り出した飲場があり、天の助けとばかり、ゴクゴクと飲み、二本のペットボトルも充たし、休憩をとる。

登り切った所からは平地となり、両側に桜の樹本帯が続き、若干開けた空地に句碑があった。句碑は山型の石板に彫られたもので、横幅も大分広い。

中央部分から芭蕉句の「義仲の寝覚の山か月悲し」とある。しかし解説板や建立者

「義仲の寝覚の山か月悲し」芭蕉句碑、倶利伽羅山山頂（小矢部市）

の刻印もされていない。
後日、小矢部市教育委員会からの資料により細部が判った。昭和五十七年五月十二日、元小矢部市長の故・松本正雄氏による建立。裏面に十二行の詩があり、やはり松本氏の著作であった。

ここ周辺は広々としており、倶利伽羅不動寺まで通じる道路の両脇に七千本余りの八重桜があるらしい。途中目についた「火牛の像」で角に松明を付け突進する二頭の像がある。

資料によると、寿永二年（一一八三）五月、木曾で兵を挙げた源義仲とそれを迎え撃つため北上した平維盛《たいらのこれもり》がこの砺波山において、源平砺波山合戦を繰り広げ、平家めがけて突

「義仲乃寝覚能山か月かなし」芭蕉句碑、猿ヶ馬場本陣跡（小矢部市）

入させたとある。毎年ゴールデンウィークの頃は連日観光客で賑わうという。

この辺一帯を猿ヶ馬場というが、森林でおおわれた中に平家本陣跡があり、その手前に目的の句碑の芭蕉塚がある。石面は風化が激しく判読できないが、解説板によると、この倶利伽羅峠を芭蕉が通ったのは元禄二年七月十五日（陽暦八月二十九日）の朝とある。

山型の高さ一三〇センチの石面に、

義仲乃寝覚能山か月かなし　　芭蕉翁

擬見風所、造碑とある。

この句碑は津幡の俳人河合見風が、宝暦時代（一七五一〜一七六四）義仲ゆかりの地、ここ猿ヶ馬場に建立し、後に金城馬佛により再建されたとある。文献によるこの句は越前燧ヶ城跡で詠まれたもので諸国翁噴記には寝覚塚と記されてあるという。
ここから峠茶屋跡まで歩を進め休憩する。愚作を一句。

日盛りに倶利伽羅峠木陰路《こかげみち》　　正業

目的の句碑散策はここで完了する。ここから山際の小高い山頂付近にある倶利伽羅不動寺には参詣せず、山道を下山する。途中源平ラインにあるバス停からＪＲ石動駅まで乗車。十四時五十分頃駅に到着。
金沢駅まで電車を利用し、夜行高速バスにて東京駅へ翌朝戻る。今回の旅において大分汗をかき濡れた下着がリュックに嵩み大変難渋した旅であった。

【道程】
泊駅～朝日町・入善・四十八ヶ瀬橋・生地・魚津・滑川市街（櫟原神社・徳城寺）
二一キロ

滑川宿泊地～川瀬屋跡・水橋地区・放生津・氷見（常願寺）・雨晴海岸・高岡駅前
一三キロ
高岡市街（万年寺・永安寺）～高岡駅・石動駅（城山公園・埴生護国神社）・
倶利伽羅峠（猿ヶ馬場・天田峠）～石動駅・金沢駅
一八キロ
（累計　一〇三三キロ）
芭蕉句碑
十二基（累計　一一七基）
おくのほそ道句碑
六基（累計　一〇四基）

閑話休題

もう一つの句碑巡り

小生の旅もいよいよ佳境に入り、新潟から日本海沿岸を南へと下り、親不知・有磯海・金沢へと歩を進めることができた。

この間何度かの風雨・酷暑に晒され喘ぎながら、長いおくのほそ道を辿り着いたのであります。

また今回の旅を含めて、北陸道（自動車道路）とは目的地への連絡手段と帰宅するまでの交通手段として大いに利用させて頂いた旅となった。高速バスの途中休憩場所として新潟・柏崎・直江津・有磯海・金沢等のサービスエリアを経由したのである。特に有磯海サービスエリアの上・下線に立ち寄り、句碑散策ができた。

日本道路公団から資料を送付して頂き芭蕉浪漫の句碑資料を参考に新潟から養

「早稲の香やわけ入る右は有磯海」芭蕉句碑、有磯海サービスエリア（魚津市）

老（岐阜県）サービスエリアまで句碑が建立されていることが判った。

句碑は上下線一六基程あるらしい。

しかし全部の句碑の散策には日程と自動車を走らすことになり、時間と暇を掛けなければならない。

今回は有磯海サービスエリアの句碑のみであり、別の機会において全一六基の句碑散策を計画してみたい。

日本道路公団からの資料抜粋であるが、芭蕉句碑を掲示させて頂いた。

この資料を送付してくださった女性職員の方に深く感謝申し上げます。

北陸自動車道　芭蕉浪漫俳句碑

場所	線	俳句文
米山ＳＡ	上り	草臥《くたびれ》て宿かる頃や藤の花
米山ＳＡ	下り	荒海や佐渡に横たふ天の川
名立谷浜ＳＡ	下り	文月や六日も常の夜には似ず
越中境ＰＡ	上り・下り	一つ家に遊女も寝たり萩と月
有磯海ＳＡ	上り・下り	早稲《わせ》の香やわけ入る右は有磯海
小矢部川ＳＡ	上り	あかあかと日は難面《つれな》くもあきの風

小矢部川SA	下り	義仲の寝覚《ねざ》めの山か月悲し
尼御前SA	上り	庭掃いて出でばや寺に散る柳
尼御前SA	下り	むざんやな兜《かぶと》の下のきりぎりす
南条SA	上り	月に名を包みかねてやいもの神
南条SA	下り	あすの月雨占なはんひなが嶽《たけ》
杉津PA	上り	名月や北国日和定なき
杉津PA	下り	ふるき名の角鹿《つのが》や恋し秋の月
養老SA	下り	蛤のふたみにわかれ行く秋ぞ

其ノ三十　金沢市街を歩く

平成二十二年十一月二十三日（火）～十一月二十五日（木）
——東京（市ヶ谷）～金沢駅・近江町市場・浅野川大橋・卯辰山公園・宝泉寺（芭蕉句碑）・宇多須神社・ひがし茶屋・金沢城公園・兼六園・石川県立歴史博物館・（芭蕉書状幅・小杉一笑句稿幅）～金沢城壁周辺・いもり坂口・菱櫓・五十間長屋・石川門・兼六園下・ホテル金沢宿泊
ホテル～金沢城壁外周・犀川橋護岸（芭蕉句碑）・成学寺（芭蕉句碑）・願念寺（芭蕉句碑）・宮竹屋小春の墓・芭蕉の辻～金沢駅

越中路を越え国道159号線を南へ進むと、金沢市街に入る。芭蕉主従はこの国道に沿って走る旧北国街道から金沢へと歩を進めている。

久々に上様の同行を得て、金沢市街の散策をお願いした。

まず金沢での第一歩は駅前の大通りを近江町市場から浅野川大橋の下流に架かる梅ノ橋（木橋）を渡る。泉鏡花のみちから芭蕉も登った卯辰山公園へ向かう。

中腹近くから下り、まず宝泉寺へ。若干墓碑群の中を探したが、句碑は見つけることができず、本堂近くまで下りる。社務所付近に数個の石碑があり、その中の一基の句碑を見つけた。高さ七〇センチ程の小判型の句碑。標柱には、

ちる柳あるじも我も鐘をきく　芭蕉

とある。刻印には「柳陰軒跡」とあり、標柱の句が彫り込んである。解説板はなく、文献によると現在は存疑の部に分類されている。

柳陰軒とは鶴屋句空をいう。加賀蕉門の俳人で、京都で仏門に入る。句空坊・句空法師とも呼んだ。後に宝泉寺境内に草庵をつくり舎ったとある。芭蕉が金沢の途次立ち寄り、句空の草庵でこの句を残したと伝えられている。建立年等は不詳。句解参考には「此句細道にもれたり」と注記されているという。

「ちる柳あるじも我も鐘をきく」芭蕉句碑、宝泉寺境内（金沢市）

この寺を出た所にある小さな公園で休憩する。ここから山道を下り、宇多須神社がある所に出た。この神社は結構整備された立派な神社である。上様と二人で参詣させて頂いた。この後上様が是非ともと望んだ「ひがし茶屋」へ向かう。茶屋街を散策し、金沢城と兼六園まで歩く。まず兼六園近くで十二時を過ぎ、蓮池門口近くで、織田という店に入り昼食とする。

金沢の名物である治部煮があり、麩の料理で生麩や焼麩をあんかけにしたもので、五、六品が漆器のお椀に盛られ、派手さが強調された料理であった。上様には初めてお目に掛かるものでしみじみと味わっていた。小生は冷蔵庫に冷やされた酒で喉を潤した。ひさしぶりに二人での食事をし、ゆっくりと過ごすことができた。

この後いよいよ兼六園の庭園の散策。蓮池門口～噴水前・常磐ヶ岡～徽軫灯籠《ことじとうろう》・唐崎松（雪つりが多くある松）・明治記念之標・根上松（山崎山という小さな丘付近に建立された句碑。次回の散策とする）～夫婦松跡・梅林・舟之御亭（休憩）～随身坂口を巡り、兼六園を出る。

愚作の一句を詠む。

雪吊りや水面騒がす空っ風　　正業

ここから石川県立歴史博物館へ向かう。目的は松尾芭蕉書状幅・小杉一笑句稿幅が展示されているとの情報で受付で尋ねてみた。しかし現在は展示されておらず、入館することを断念した。

後日歴博資料課から送付して頂いた資料によると、松尾芭蕉書状幅は、句空に宛てた芭蕉の手紙で、元禄四年（一六九一）秋頃のもので、芭蕉は当時金沢の卯辰山に庵を結んでいた句空に、草庵の壁に掛ける兼好法師画像の賛として依頼を受け、それに応えて「秋の色ぬか味噌つぼもなかりけり」「しづかさやゐか〻る壁のきりぎりす」の二句を詠み送ったとある。また、承応二年（一六五三）金沢に生まれた一笑。茶屋を経営し、通称を茶屋新七、俳号を一笑と号した。小杉一笑句稿幅には（この手紙は、越中井波瑞泉寺十一代住職・浪化上人が旧蔵）昼顔・夏日・土用干し・夕立などの句が詠まれている。

この博物館で閲覧できなかったことは残念であった。

上様の体力もそろそろ限界であり本日の散策は完了として、予約したホテルまで戻ることにした。

平成二十二年十一月二十五日（木）

八時三十分、ホテルをチェックアウト。まず金沢城郭沿いを西に歩く。百万石通りから犀川大橋・犀川河敷緑地公園内にある句碑の散策。一〇〇メートル程上流に建立されている。

あかゞと日はつれなくも秋の風
はせを

昭和三十三年（一九五八）九月犀川振興会による建立。

小松砂丘による書で、元犀川大橋近くに建立されたものを移建されたとある。

「あかゞと日はつれなくも秋の風」
芭蕉句碑、成学寺境内（金沢市）

山門を入るとすぐに境内の中央部に句碑があった。

ここからすぐ近くにある成学寺に向かう。正面には蕉翁墳とあり、右面に句が彫られている。

あかゞと日はつれなくも秋の風

左側面には、宝暦五年（一七五五）に芭蕉追悼のため俳人堀麦水（一七一八～一七八三）とその門人が秋日塚として建立したとある（堀麦水は、江戸中期の俳人で加賀の生まれ。主に俳諧中興運動において貞享の頃に蕉風を唱導した人物）。

ここから国道157号線に出て少し路地に入った所に願念寺がある。周囲を塀に囲まれ、山門前に句碑が設置されている。右側に芭蕉翁来訪地小杉一笑墓所とあり、

つかもうごけ我が泣聲ハ秋の風　芭蕉

資料によると、芭蕉直筆の色紙を模刻したもので、昭和四十二年（一九六七）八月、一笑の兄（小杉ノ松）の子孫小杉家潔氏による建立とある。また芭蕉来訪の折、一笑の兄（小杉ノ松）の主催で追善供養を実施。芭蕉・曾良の他、ノ松・北枝・宮竹屋小春・牧童・句空・他地元の俳人衆が参列したとある。

　また境内の中に一笑塚と辞世の句「心から雪うつくしや西の雲」がある。撮影後、追善供養に参加

「つかもうごけ我が泣聲ハ秋の風」芭蕉句碑、願念寺山門前（金沢市）

した一人・宮竹屋小春の墓が、近くの犀川上流南東六キロ程野田山墓地の中にあると聞き、小生のみの散策であればさしての距離ではないが、上様の体力を配慮して市街バスを利用する。およそ十五分後野田山墓地近くで下車。丘陵一帯に墓地があり、この中から目的の墓碑を見つけることは困難であり、墓地内中央付近にある管理事務所（金沢市役所保健衛生課）を訪ねる。説明によると、この墓は最近外環状道路工事により野田山（一七五メートル）頂上付近に移設されているとのこと。

この丘陵を登り、地図をたよりに平成墓地「丙6」まで登る。上様のペースに合わせて登る。四十分程を要した。この区画された石碑群の中に目的の墓碑を見つけた。資料によると、本名は亀田勝豊、薬種商「宮竹屋」四代目。俳号小春、芭蕉に師事。芭蕉北陸巡行において、句空・牧童・桃妖らと活躍したとある。

休憩後、南大通りから犀川大橋近くにある北国銀行前までタクシーに乗車。ここには芭蕉がこの金沢の地に長逗留した宮竹屋跡地に建立されている「芭蕉の辻」碑がある。高さ七〇センチの正四角柱で車道側が正面で、右面に「昭和五十三年三月金沢市遺蹟保存会」、左面に「元禄二年初秋芭蕉奥の細道途次遺蹟」と刻印されている。この芭蕉の辻を散策後金沢市街巡りは完了とする。ここから金沢駅まで戻り帰宅。

【道程】
金沢駅～近江町市場・卯辰山公園～宝泉寺・ひがし茶屋・金沢城公園・
兼六園・石川県立歴史博物館・ホテル　一二キロ
金沢城壁外周～犀川橋護岸・成学寺・願念寺・宮竹屋小春の墓・芭蕉の辻～金沢駅
一四キロ（累計　一〇五九キロ）
芭蕉句碑　一基（累計　一一八基）
おくのほそ道句碑　三基（累計　一〇七基）

其ノ三十一　金沢・小松・那谷寺・山中温泉・大聖寺を歩く

平成二十三年五月十七日（火）～五月二十一日（土）

――東京（市ヶ谷）～金沢兼六坂（兼見御亭前入口）・兼六園内山崎山御亭（芭蕉句碑）・長久寺（芭蕉句碑）・本長寺（芭蕉句碑）・野々市宿・松任・手取川橋・小松市街・ホテル小松宿泊

宿泊地～小松天満宮（芭蕉句碑）・菟橋《とはし》神社（芭蕉句碑）・建聖寺《けんしょうじ》（芭蕉句碑）・本折日吉神社《もとおりひよしじんじゃ》（芭蕉句碑）・多太神社（芭蕉句碑）～木場温泉・粟津温泉・那谷寺（芭蕉句碑）～山中温泉医王寺（芭蕉句碑）・芭蕉の館・芭蕉逗留泉屋の跡（芭蕉句碑）・大木戸門跡（芭蕉句碑）・宿泊地（旅館たわらや）・上様と合流

旅館～大聖寺川鶴仙渓遊歩道・黒谷橋・芭蕉堂・道明ヶ淵（芭蕉句碑）・

こおろぎ橋（芭蕉句碑）・長谷部神社・菊の湯　宿泊地（たわらや）～加賀温泉駅・大聖寺駅～全昌寺（芭蕉句碑）・大聖寺駅～金沢駅

五月十七日、東京を高速夜行バスで約九時間、金沢兼六坂に十八日、七時二十分に到着した。体は強張り寝不足のせいですっきりしない気分である。山崎山御亭が近い入口から入園する。前回上様と近くまで散策した所で若干登り勾配があり、松が多く植栽された所の右手前に解説板とすぐ後ろに句碑が建立されていた。

あかあかと日はつれなくも秋の風　翁

「あかあかと日はつれなくも秋の風」芭蕉句碑、兼六園山崎山入口（金沢市）

この句碑は弘化三年（一八四六）頃の建立で、明治十六年に押野谷悠平氏によって卯辰山に建っていたものを、この地兼六園に移設したものらしい。彫り込みが浅いのか風化して判読ができない。

次の目的地長久寺へ向かう。兼六園を横切り、大東寺坂から桜橋方面に歩く。この橋を渡ると寺院群があり、この地域は寺町で犀川南側は丘陵になっており、ここを登った所の寺院が長久寺である。どこの寺も余り大きくない。山門に入り、すぐに句碑があった。表面には前書され、ある草庵にいざなわれてとある。

「秋涼し手毎にむけや瓜茄子」芭蕉句碑、長久寺境内（金沢市）

秋涼し手毎にむけや瓜茄子　　はせを

文献によると、旅も終わりに近い元禄二年（一六八九）七月二十日、金沢の斎藤一泉亭で詠まれたという。その時巻かれた半歌仙の発句では、「残暑しばし手毎にれう《料理》れ瓜茄が秋すゞし」と推敲されたとある。建立は元禄七年刊蕉門俳人素龍の筆によるものを刻印し、おくのほそ道三百年記念で昭和六十三年（一九八八）九月十八日、雪垣俳句会による建立とあった。

国道157号線（小松方面）、野町広小路近くにある寺が本長寺である。寺は長久寺と同様余り大きくない。境内も狭くすぐに句碑があった。

春もや、けしき調ふ月と梅　芭蕉

裏面には、大正四年（一九一五）四月、句空庵五世今村賢外建立、当初の碑面は磨滅してしまい再建したとある。昭和五十七年（一九八二）十月に建立された。

ここから小松方面に向かって歩く。空は五月晴、肌にここちよい風、気分も最高である。野々市宿（石川県）から松任地区を過ぎ、手取川橋を渡り、一〇キロ程で小松市街、JR小松駅前のビジネスホテルに宿泊する。翌日七時十五分にチェックアウト。まず小松天満宮に向かう。市街を北に歩く。梯川に架かる天神橋を渡ったすぐ左奥が、この天満宮である。

この天満宮は早朝なのかお参りする人はいない。境内を進み本殿に詣でる。句碑は近くの社殿横にあった。句碑はどこにでもある岩石に刻まれていた。

あかあかと日は難面もあきの風　芭蕉

看板にも句があるだけで解説等はなかった。刻印も薄く良く判読ができない。建立者等も不詳。

後日この寺の住職に尋ねてみると、余りはっきりとした回答ではなかった。昭和五十八年頃の建立で、写真家宮城 某《なにがし》と関係があるらしい。これ以上については不詳であった。

ここから次の目的地、諏訪宮の菟橋神社へ向かう。天神橋方面から芦城公園を横切り、市役所前の通りに出て、国道３６０号線を歩く。

すぐに神社があり、大きな鳥居、本殿も立派である。入口付近、鳥居のすぐ近くに句碑が建立されていた。白い御影石が研磨され、彫りの深く刻まれた句碑である。

志をらしき名や小松ふく萩薄

「志をらしき名や小松ふく萩薄」芭蕉句碑、菟橋神社境内（小松市）

「元禄二年秋廿七日快晴所ノ由聞テ芭蕉曾良詣」（奥の細道随行日記より抜粋）『諏訪大社』宮司三輪磐根

裏面には「小松市浜田町石田勘二氏によるもので、元禄二年秋（二十七日）祭……昭和四十五年（一九七〇）八月建立」とあった。境内の清掃が行き届き、さぞかしこの神社への参拝者は、何か霊験あらたかなものを受け取られているような気がした。

ここから寺町地区にある建聖寺に向かう。北西に十五分程町内の道路を歩き、この建聖寺に辿り着いた。入口には芭蕉翁留枝ノ地の石碑があり、正規には永龍山建聖寺という曹洞宗の禅寺である。すぐに本堂があり詣でた。本堂脇の玄関において、声を掛けてみると、奥から奥様がお見えになり、小生の旅について申し上げると、ここに

「しほらしき名や小松吹萩薄」芭蕉句碑、建聖寺境内（小松市）

は蕉門十哲の一人、金沢の俳人立花北枝による芭蕉坐像があるという。木箱（笈）の中から芭蕉坐像を取り出して頂き、拝顔させて頂いた。

また境内にある句碑について話を聞き、この坐像を句碑傍らに安置させて頂き撮影する。

句碑は中央に大きく蕉翁とあり、句が右左に分かれて刻まれている。風化が進み、判読が難しかった。

しほらしき名や小松吹萩薄　　蕉翁

宝暦年間（一七五一～一七六四）、当住職既白、建立。隣りに新碑が建立されていた。

「しほらしき名や小松ふく萩すゝき」芭蕉句碑、日吉神社境内（小松市）

奥様に丁重にお礼を申し上げ、この寺を後にした。

次は本折日吉神社に急ぐことにした。建聖寺の前の道路を南へ歩くこと十五分程この神社に辿り着いた。赤い小さな鳥居を潜り、境内を進み、左奥に平面の石碑と手前に、円筒形の芭蕉翁留枝之地と彫られた石碑がある。平面の石碑の中心には「芭蕉翁留枝之地」と読めるが、左右に若干の刻んだ跡が残っているが風化が激しく判読できない。後日の調べであるが、昭和三十五年（一九六〇）、春加南地方史研究会建立。

「しほらしき名や小松ふく萩すゝき」と刻印されているらしい。手前の円筒形の石柱には、「平成十年十二月一日建立」とあり、解説が刻まれている。最後の所には芭蕉句と山王神主藤井伊豆守、拝号（鼓蟾《こせん》）の句が添えられていた。

曾良日記（七月）の抜粋。

「廿五日快晴。欲ニ小松立、所衆聞テ以北枝留。立松寺（建聖寺）へ移ル。多田八幡へ詣デヽ、真盛ガ甲冑、木曾願書ヲ拝。終テ山王神主藤井伊豆守へ行。有会。終テ此ニ宿。申ノ刻ヨリ雨降リタ方止。夜中折々降ル」

ここから十分程南の所に、多太神社がある。神社は創建西暦五〇三年と言われ、平安時代から継承されてきた。源平合戦の時、木曾義仲が願状を添えて奉納したとある。斎藤別当実盛の遺品の内実盛の甲が有名である。毎年七月に宝物館からの遺品を公開しているが、今日この時期には実物を見ることができなかった。

境内の開けた庭園内に周囲六、七メートル程ロープで囲われた所に解説板が設置され、そこには芭蕉一行が多太神社に七月二十五日（新九月八日）に訪れたとあった。七月二十七日に小松を出発して山中温泉に向かう時、再び多太神社に詣で次の句を奉納したとある。その三句は、

「あなむざん甲の下のきりぎりす」芭蕉句碑、多太神社境内（小松市）

あなむざん甲の下のきりぎりす　芭蕉

幾秋か甲にきへぬ鬢《びん》の霜《しも》　曾良

くさずりのうち珍らしや秋の風　北枝

となっている。この囲われた中に、臼形《うすがた》の高さ一〇〇センチ程の自然石の面に彫り込んだ句碑が鎮座している。

多太神社に奉納されている八幡さまの兜

あなむざん甲の下のき里き里
す　　　　　　　　　はせを

建立者等は不詳。昭和六年（一九三一）再建とある。

山門近くには、立派な御影石の台座の上に奉納された石造りの甲があり、撮影した。

休憩後、いよいよ今日一番長い距離を歩く。小松・那谷寺・山中温泉までおよそ二〇キロ超えを敢行する。国道３０５号線から南へ。途中、今江北という交差点から那谷寺まで一一キロの標識を左折し歩く。まず木場潟公園・木場温泉街を過ぎ、粟津温泉街にある県道11号線を歩く。およそ四キロ先の那谷寺の標識を過ぎた。

気持ちのいい晴天の下、ほどよい風が、通り過ぎてゆく。一キロ程で到着した。

社務所から狭い山門を潜ると、すぐに金堂華王殿・普門閣、そして境内を登り、奇

「石山の石よ里白し秋の風」芭蕉句碑、那谷寺境内（小松市）

岩遊仙境と続く。そして翁が詠んだ句を詠じてみた。しかし芭蕉が立ち寄って早三百二十年以上も過ぎ、この寺の奇岩の趣が変わり、白を強調した当時とは大分違っていた（経年による風化で全体的に茶褐色）。

参道から階段を登ると本殿があり、参拝する。三重塔を見たのち芭蕉句碑のある場所へ出た。苔むした山型のものではっきりと判読できないが、なんとか刻印を読み取ることができた。

石山の石よ里白し秋の風　はせを

建立は天保十四年（一八四三）、翁百五十回忌とある。右奥に那谷寺の紀行文を刻んだ俳文碑が添えられていた。

この寺の散策も完了し、山中温泉に向かう。ここから一三キロ程あるが、両足裏に肉刺が膨れ上がり、今にもつぶれそうな状態で歩くごとに疼く。限界を悟り、仕方なし、タクシーを利用する。医王寺近くまで乗車。医王寺の境内を登り、片隅に小判型の句碑がある。

山中や菊は手折らし湯の匂ひ　芭蕉

「山中や菊は手折らし湯の匂ひ」芭蕉句碑、医王寺境内（山中温泉薬師町）

昭和五十八年（一九八三）建立。裏面には建立者等については不詳。本堂に詣でた後、社務所で住職にお会いした。本殿の奥にある芭蕉に関する秘蔵品を蒐集した宝物展示室へ案内された。代表的なものは「一、山中温泉縁起絵巻」「二、奥の細道芭蕉忘れ杖」「三、芭蕉座像（木製）曾良座像（陶器）」「四、山中ノ湯芭蕉真蹟懐紙（温泉ノ頌）複製」等が展示されていた。

撮影後、丁寧に御挨拶し、上様が待つ旅館へと下りる。薬師橋から山中座・菊の湯を過ぎ、おとこ湯入口付近の植栽の中に高浜虚子の句がある。解説板によると、昭和十八年虚子が山中温泉で詠んだ句とあった。ここから芭蕉逗留泉屋跡へ。北国銀行前の一角に元泉屋があったという。手前に四角柱の句碑がある。

湯の名残今宵ハ肌の寒からむ

昭和五十四年（一九七九）二月、山中温泉観光協会建立。奥に芭蕉と曾良との別れの俳文碑がある。

温泉街から本町木戸門通りに出た。すぐに大木戸門跡に出た。この門柱には句が二句刻まれている。右面には、

漁《いさ》り火に河鹿《かじか》や波の下むせび　　芭蕉

左面には、

や万なかや菊はたおらしゆのにほひ　　はせを

とあった。昭和三十五年（一九六〇）一月、加能史談会、山中観光協会建立。この門周辺は小さな公園風になっており、手折しの道として石碑と句碑が建立されていた。

「漁り火に河鹿や波の下むせび」芭蕉句碑、大木戸門跡（山中温泉薬師町）

「や万なかや菊はたおらしゆのにほひ」芭蕉句碑、大木戸門跡（山中温泉薬師町）

今日よりや書付消さん笠の露　芭蕉

建立は大木戸門跡と同時期に設置され、昭和三十五年（一九六〇）一月、加能史談会・山中観光協会によるものであった。

ここからはすぐに旅館（白鷺湯たわらや）で上様と合流した。なにはともあれ山中の湯に浴することにした。小生にとっては長湯の気がするが、今日一日の疲労回復に効果があった。上様も女湯から戻ってきた。ひさしぶりに湯上りのスッピン顔と肌を見たような気がした。

部屋に運ばれた御膳を囲んで夕食を共にした。この部屋の下に流れる大聖寺川の渓流の音だけが大きく聞こえてきた。

明朝早くこの渓流（鶴仙渓遊歩道）散策に花を咲かせた。

二人共に二十一時五十分頃には眠りについた。朝五時三十分頃目が覚め、朝食前に大聖寺川の渓谷を散策する。六時、旅館から北に歩く。すぐに黒谷橋に出た。

曾良日記（八月）によると、**「八月朔日快晴。黒谷橋へ行く」**とある。当時の橋脚は木製と思われるが、今はコンクリート橋になっていた。橋の袂に黒御影石を組み込んだ所に一文が刻まれていた。

「此の川くろ谷橋ハ絶影の地や行脚のたのしみ爰にあり　芭蕉」とある。この橋で多くの人達に見送られて、翁が那谷寺へと旅立った別れの橋であるという。この一文は泉屋久米助（桃妖）の叔父で、山中の俳人自笑と称した人物のものらしい。年代等は未詳となっている。

この橋を渡り、川岸近くの遊歩道を歩く。すぐに芭蕉堂が目に入る。五段の石段の上、高床式、正四角壁、屋根は本瓦が特徴。後日の調べであるが、当初明治四十三年（一九一〇）頃、金沢の俳人萎文（渡辺薮氏）によってこの堂を建設した。当時は藁《わら》葺《ぶき》屋根であったが、昭和二十八年に改修されたとある。堂内には芭蕉が坐し蓑笠を持った像が安置されているらしい。家屋内は暗く見えない。

また近くには泉屋久米助「桃妖」（※）の句碑があった。

※泉屋又兵衛こと長谷部桃妖（一六七七〜一七五二）

江戸時代前期の俳人・延宝四年生まれ。山中温泉の旅宿泉屋の主人、芭蕉から桃青の一字を受けて桃妖と号した。宝暦元年に死去七十六歳。句は芭蕉堂近くにある句碑「紙鳶《いか》きれて白根ヶ嶽を行方かな」桃妖、を残している。

芭蕉堂近くの句碑は風化し刻印は読めない。建立は明治四十三年（一九一〇）頃で、このお堂と同時期のものらしい。道標に従い、あやとり橋・こおろぎ橋方面の細い遊歩道を歩く。まずあやとり橋近くの小公園の中に句碑がある。

やまなかやきくはたおらしゆのひほひ　はせを

この周辺を道明ヶ淵というそうだ。文久三年（一八六三）頃の建立碑陰には、文久癸亥《みづのとい》（一八六二年八月）とあるらしいが。青苔がびっしり生え判読不可能。建立者等も不詳。

遊歩道を進み目的の一つ、こおろぎ橋に向かう。この辺は鶴仙渓の上流部で大聖寺川に架かる総檜造りの木橋である。早朝なのか散策する観光客は小生達のみである。上様と二人、橋の中程から静寂で渓流の音だけの情景をしばし感じ入っていた。

翁は八月二日頃ここを訪れ、ここで詠んだ句碑が、橋を渡った山側にある。

か丶り火に河鹿や波の下むせひ　はせを

裏面はやはり青苔が貼り付き風化が激しい。後日の調べで、建立は明治三十一年（一八九八）六月。建立者等は不詳。

またこの橋近くには弟子（北枝・方堂・柏翠）達の句碑もあるらしいが省略した。

ここから長谷部神社からゆげ街道を歩く。山中温泉の繁華街を過ぎ、菊の湯付近まで戻った。

「か丶り火に河鹿や波の下むせひ」芭蕉句碑、こおろぎ橋西側（山中温泉薬師町）

何人かの浴客が早朝から入浴していた。七時過ぎ旅館へ戻り、帰宅準備を済ませ、朝食をお願いした。部屋から聞こえる大聖寺川の静かな流れを聞きながらゆったり、ほっこりした気分で食事を味わった。この山中温泉ともいよいよお別れすることになる。

旅館からの送迎バスでＪＲ加賀温泉駅まで乗車。ここから大聖寺駅へ向かい、全昌寺を散策する。駅からはさほどの距離でなくこの寺に辿り着く。

山門から本堂まではすぐ近くで詣でることができる。入口の解説板には「元禄二年（一六八九）八月、俳人芭蕉と曾良が奥の細道行脚の途中、この寺に宿泊。その時の句碑が建立されてある」と記されていた。通用門を潜ると、この寺の住職が声を掛けてきた。拝観料を払い案内を受ける。全昌寺の沿革・経緯等縷々《るる》説明を受けた後、順路に従い境内にある句碑へ進む。この寺で詠んだ句は、

庭掃ていつるや寺にちる柳　　芭蕉

とある。高さ一・五メートル程。中央に「はせを塚」とあり、住職によると右側面に刻まれた句が最近になって判読できたという。建立は寛延二年（一七四九）頃とされる。本堂展示室に拓本がある。解説板には「大聖寺の俳人二宮木圭による明治中頃の建立」ともあった（カラー写真の部参照）。

このはせを塚の隣りにある句碑、曾良が詠んだ句である。

終夜《よもすがら》秋風きくやうらの山　　曾良

建立等も同時期に設置されたとある。また境内奥の柳の木下にも一基句碑があり、

庭掃ていつるや寺にちる柳　　はせを

とある。建立者等については不詳。ここから住職に案内され本堂に上る。まず芭蕉が宿泊した芭蕉庵を見る。翁が八月七日（陽暦九月二十日）、ここに宿泊した部屋は現在茶室に改修されていた。展示室には芭蕉坐像（杉山杉風作）・はせを塚側面の拓本等を見せて頂いた。

目的の散策は完了し、大聖寺駅から金沢駅に戻り、市街の観光後夜行高速バスにて二十一日東京に戻る。

【道程】

金沢兼六坂・兼六園内山崎山御亭・長久寺・本長寺・野々市宿・松任・手取川橋・小松市街・宿泊地　三三キロ

宿泊地～小松天満宮・菟橋神社・建聖寺・本折日吉神社・多太神社～木場温泉・粟津温泉・那谷寺～山中温泉医王寺・芭蕉の館・芭蕉逗留泉屋の跡・大木戸門跡・手折らし道碑・宿泊地　二四キロ

旅館～大聖寺川鶴仙渓遊歩道・黒谷橋・芭蕉堂・道明ヶ淵・こおろぎ橋・長谷部神社・菊の湯～加賀温泉駅・大聖寺駅～全昌寺・大聖寺駅～金沢駅　一四キロ（累計　一一二九キロ）

芭蕉句碑　一基（累計　一一九基）

おくのほそ道句碑　一六基（累計　一二三基）

曾良句碑　一基

其ノ三十二　大聖寺・吉崎・丸岡・松岡・福井・武生《たけふ》を歩く

平成二十三年九月十九日（月）〜九月二十三日（金）

——大聖寺駅〜吉崎宿（汐越の松）〜金津町・総持寺（雨夜塚）〜丸岡宿・称念寺（芭蕉句碑）〜松岡宿（宿泊）〜天龍寺（余波《なごり》の碑・芭蕉句碑）〜永平寺（全伽藍への遙拝）〜福井市街（市観光振興課）・福井城址（福井県庁）〜左内公園（芭蕉句碑）〜宿泊地（そのさだ）ホテル〜足羽山公園内（自然史博物館）・継体天皇像近く（芭蕉句碑）〜玉江橋跡（芭蕉句碑）〜朝六つ橋（芭蕉句碑）・浅水《あそうず》駅〜武生新駅・宿泊地（武生パレスホテル）〜武生市街地〜芳春寺（色紙塚）〜ふるさとを偲ぶ散歩道（芭蕉句碑）〜宿泊地

武生市街地〜味真野地区・霊泉寺（芭蕉句碑）〜ＪＲ武生駅・敦賀駅・米

原駅（新幹線）～東京駅

前回（其ノ三十一回）の旅において、芭蕉は小松に再度戻り、ここから大聖寺への道を辿るのであるが、奇しくも八月八日（陽暦九月二十一日）は小生古希の誕生日。

翁が辿った全昌寺から丸岡・松岡・福井・武生へと歩を進める。山中温泉で従者曾良との別れがあったが、金沢の弟子立花北枝を伴って全昌寺を出発したのが、八月七日（陽暦九月二十日）とある。あいにく今年の台風15号の余波に遭遇し、風と雨に悩まされ難儀な旅となってしまった。吉崎宿までおよそ四キロ、一時間以上を要し到着した。吉崎御坊の一寺願慶寺があり、その前の道路を二キロ程、海岸に向かって歩く。

風雨は強く大変きつい。登り切った松林の中にゴルフ場（芦原ゴルフクラブ）がある。フロントで小生の旅について述べると、コースの中に目的の汐越の松遺跡があるらしい。

しかしこの風雨の中でもゴルフをする人達がおり、危険防止のため一人での散策はできないという。よってゴルフカートによる若い女性の運転でコースを進む。日本海が望める小高い松林の中にある。平板の石碑に「汐越の松遺跡」とあり、その後方に朽ち果てた老松が倒れてある（カラー写真の部参照）。

（芭蕉紀行文）

「越前の境吉崎の入江を舟に棹して汐越の松を尋ぬ。

終夜《よもすがら》（宵）嵐に波をはこばせて月はたれたる汐越の松　西行

此一首にて数景尽たり。若一辨《もしいちべん》を加るものは無用の指を立るがごとし」

汐越の松遺跡碑は昭和三十七年（一九六二）、福井県観光開発会社による建立。何か小生の旅に合わせたかのような風雨で、翁がこの情景に遭遇させたかのように思われた。

快晴であれば日本海を望み愚作の一句も詠みたいところであったが、残念であった。ゴルフカートでフロントまで戻り、M嬢に感謝を申し上げ、若干の休息と昼食をさせて頂いた。次の目的地の総持寺・称念寺まで一七キロ程歩く予定であったが、風雨激しく、タクシーに乗車する。

まず金津地区総持寺を探すも、なかなかこのお寺を見つけるのに苦労させられた。やっと三寺目を訪ね、総持寺に辿り着いた。玄関から挨拶すると奥方が出て来られ、家の裏手境内に案内を受けた。目的の雨夜塚はすぐに判った。柵沿いには町指定史跡として解説板がある。解説板について要約すると、

「今から二百三十余年前寛延二年（一七四九）九月、金沢の俳人坂野我六（願泉寺十五代声々庵東也）が若い頃江戸で芭蕉に師事を得たという。この坂野我六が芭蕉の遺風を慕って寛延二年（一七四九）九月、美濃の田中五竹坊が越路行脚の折建てた。宝林寺境内にあったものを総持寺に移建したものがこの雨夜塚である」

「芭蕉野分して盥に雨を聞く夜哉」
芭蕉句碑、総持寺境内（金津町）

という。塚の正面には「芭蕉翁之塔」とあり、左側面には、

芭蕉野分《のわき》して盥《たらい》に雨を聞く夜哉

とある。文献によると、野分とは二百十

「月さびよ明智が妻のはなしせむ」芭蕉句碑、称念寺境内（丸岡町）

日前後に吹く暴風のことである。延宝九年・天和元年（一六八一）、芭蕉三十八歳時の句とされている。

ここから次の目的地丸岡町にある称念寺まで歩く予定であったが、やはり風雨が強くタクシーで称念寺へ向かう。早速境内から本堂に詣でた。本堂奥に旧碑と白い御影石板の新碑がある。旧碑はどこかの山石に刻まれたもので、

月さびよ明智が妻のはなしせむ　　はせを

とあり、裏面に「建立昭和六十二年（一九八七）、伊賀上野浜野萬吉江書」とある。ま

た新碑は同句と共に真蹟懐紙からの俳文が列記されている。建立は平成元年（一九八九）七月、丸岡町文化協議会によるもの。

この寺のパンフレットの中に書かれてあることについて、住職にお聞きしたのであるが、元禄二年（一六八九）八月に立ち寄り、明智光秀の夫婦愛の話を聞き、感激して詠んだ句としているが、先代の住職からの聞き伝いであり芭蕉が立ち寄り詠んだとされる確証ある資料等はないという。文献の真蹟懐紙俳文編には、明智が妻（月さびよ）詞書に元禄二年九月十一日、芭蕉は伊勢山田に至り、翌十二日から西河原の島崎又玄《ゆうげん》方に滞在したとある。この句文は、又玄の妻女のために草したものであり、芭蕉がこの寺に立ち寄り詠んだ句とは思えない。疑問が残るところであった。

ここから松岡地区まで約九キロあるが風雨激しく仕方ない。タクシーで予約した旅館へ向かう。旅館に着き、まず上下の着衣を脱ぎ、明日の散策に支障があるスニーカーを乾燥させることにした。風呂に入り体力気分の回復をさせることができた。外はあい変わらずの風雨が続き明日（九月二十一日）風雨の中の散策になりそうである。

夕食後、曾良日記の記述を見ると、旧八月八日は「快晴」とあり、快適な旅を続けている。小生とは随分違いがある。

小生の古希の誕生日でもあり祝杯したいところであったが、早々に寝ることにした。

六時三十分頃起床、やはり雨は降り続いている。早々に朝食を済ませ雨対策を整え天龍寺へ向かう。

それほどの距離ではなく辿り着いた。まず本堂に参拝を済ませ、境内の中央部分に設置されている大きな「余波《なごり》の碑」に対面した（カラー写真の部参照）。

（おくのほそ道紀行文・北枝との別れ）

「……又金沢の北枝（※）というものかりそめに見送りて此所までしたい来る。所々の風景過さず思いつづけて折節《おりふし》あわれなる作意など聞ゆ。今既《いますでに》別《わかれ》に望みて、物書て扇引さく余波哉《なごりかな》……」

※北枝とは立花氏。通称源四郎。刀研ぎ師を業とした。芭蕉と金沢から松岡まで随行した。芭蕉来遊時に入門し、加賀蕉門の中心的存在となった。

正面から芭蕉が左側に立ち北枝が坐し、扇子《おうぎ》をうやうやしく拝領している石像である。裏面には「平成元年七月、丸岡町文化協議会による建立」とある。境内右奥の椿・楓の間に不釣り合いな巨岩（約二・五メートル）面に刻印された句は、

物書て扇引さく餘波《なごり》哉

とあり、裏面には「昭和五十三年（一九七八）八月、松岡町善意会建立、永平寺管主秦慧玉書」と刻印されている。

また正門入口付近に芭蕉塚（筆塚）と塚碑（芭蕉翁）もある。

本堂横坐禅堂において、この寺の住職による説法（警策《きょうさく》）があり、数人の坐禅修行が行なわれていた。この後住職が本堂に招かれ、応接場所でお話を聞くことができた。小生の旅紀行について話をすると、この天龍寺へ訪ねる人はいないという。記帳をさせて頂き、愚作の俳句を所望されたが、披露することができず、後日送付することで了解を得た。後日送付させて頂いた句は次のものであった。

まる四日風雨激しき月がなく　　正業

本堂へ再度詣で天龍寺を後にした。大分風雨も治まり小降りとなった。曹洞宗大本山永平寺まで七キロ程の距離を歩き福井市街まで散策する予定であったが、永平寺入口バス停までタクシーを利用する。本山まで一キロ程登り山門に辿り着いた。

雨の日は参観者が少ないと思っていたが、結構な人達が参拝されている。受付所で小生檀家の住職のお孫さんが修行僧として入山していることを告げお呼び頂いた。修行三年、すっかり立派な御坊になられていた。

早速案内役をお受け頂き、全伽藍を遙拝させて頂いた。ちなみに吉祥閣・傘松閣・山門・東廻廊・法堂・僧堂・衆寮・西廻廊・東司等大方の所を案内して頂いた。約一時間の遙拝であった。通用門口で、益々の御精進を祈りお別れすることにした（カラー写真の部参照）。愚作を一句。

本山の若竹の僧はつらつと　　正業

国道364号線から福井市街までおよそ一九キロを歩く予定で山道を登り始める。およそ一キロ先に有料道路の料金所があるらしい。途中付近の丘陵地が崩れ易く危険であるので通行止めの柵を設置している作業員から注意を受けた。

仕方なく今来た道を戻り、永平寺門前バス停まで戻る。こんな所にも台風の余波があった。福井駅直行バスで一時間程かかった。雨は小降りになったが、横風は強く吹く。まず福井市観光振興課と、福井城趾・左内公園を散策する。

福井市街の地図や名所旧跡等のパンフレットを御送付頂いた、市役所のM嬢へ御挨拶とお礼を申し上げに向かう。役所の三階に観光振興課があり、忙しく活躍されていた。

ここからすぐの所に福井城址があり、県庁もある。お堀を渡り外周を巡ってみた。本丸は残っていなく結構広域な所である。

この城は関ヶ原の役後、慶長六年（一六〇一）、徳川家康の次男結城秀康が本姓、松平に服して六十七万石を封ぜられたものらしい。この後、郷土歴史博物館と養浩館を散策。

「名月の見所問ん旅寝せん」芭蕉句碑、左内公園内（福井市）

途中、宿泊予定のホテルにリュックを下ろし、軽装して左内公園を散策する。すぐに足羽川岸近くの北の庄城址（柴田勝家の居城）があり、橋を渡り、十分程で左内公園がある。

公園中央に大きな銅像、橋本左内像が建立され、その奥に、おくのほそ道旅の記述や全行程地図・芭蕉と月の句（芭蕉翁月一夜十五句）が掲示されている。またその隣りに芭蕉宿泊地洞哉《とうさい》跡の石碑がある。

福井に着いて洞哉宅に二日宿泊した芭蕉。掲示されている記述文には次のようにある。

「……市中ひそかに引入て、あやしの小家に夕貌《ゆうがお》、へちまのはえかゝりて鶏頭は木ゝに戸ぼそをかくす。……」

おくの細道紀行文とある。またその左隣りに正四角形の御影石中央円形に彫られ、中に刻まれた句は、

名月の見所問ん旅寝せん　　芭蕉

とあり、裏面には「施主一九八一年仲秋東京八十二翁、石橋緑泥建立」と書かれている。

今日一日風雨に晒され、大分疲れを感じ、散策を切り上げホテルに戻ることにした。

平成二十三年九月二十二日（木）

風雨強し。やはり今日も雨の中の散策となりそうである。

足羽川に架かる泉橋を渡り、相生地区の交差点を過ぎ足羽トンネルの手前からあじさいロードを登る。ジグザグの登り道をおよそ一時間近く登り、自然史博物館に辿り着いた。博物館は改修工事のためか、入館できなかった。この周辺は山頂付近で市内中心部全域を見下ろすことができる。

安土桃山時代天正十一年（一五八三）、柴田勝家の居城（北の庄城）に立て籠もり、対峙した羽柴秀吉の本陣がこの辺にあったらしい。またその昔継体天皇像の大きな石像がある近くに目的の句碑がある。

名月や北国日和定なき　芭蕉

裏面には「昭和五十六年（一九八一）、石橋緑泥建立」とあった。

「名月や北国日和定なき」芭蕉句碑、足羽山公園・自然史博物館前（福井市）

この山頂を下り、次の目的地は福井市街から玉江橋・朝六つ橋へ向かう。福井鉄道福武線が併走する国道8号線から花堂《はなんどう》地区を過ぎ、江端川という小川に架かる小さな橋が玉江橋である（現在はコンクリート橋）。芭蕉翁は、おくのほそ道の中で歌枕の地を沢山訪ねているが、中でも沖の石・末の松山・野田の玉川・籬《まがき》が島等、沢山ある。ここ玉江の跡において翁が詠んだ句が添えられている。

月見せよ玉江の芦を刈らぬ先

橋の袂の区画された所に、平板の石碑に刻まれた碑文の後段に句がある。昭和三十四年（一九五九）三月、福井市の建立。しかしこの場所には歌枕の地としての面影は残っていなかった。

「月見せよ玉江の芦を刈らぬ先」芭蕉句碑、玉江二の橋そば（福井市）

雨は今日も強く降り、その中を朝六つ橋のある浅水《あそうず》地区へ向かう。およそ一時間半近く掛かって、やっと辿り着いた。この橋は玉江橋より短くやはりコンクリート製である。

橋の袂に、解説板と朝六つ橋の碑が建立され、碑には西行法師の和歌の後段部分に芭蕉が詠んだ句が併刻されている。

朝六つや月見の旅は明けはなれ　　芭蕉

「昭和四十六年（一九七一）九月、麻生津《あそうづ》商工会の寄贈」とある。福鉄線浅水駅近くで昼食を摂る。後日の調べで、昔清少納言が「枕草子」の中で詠んだ和歌に「あさむつ橋」とあり、その後西行法師が橋の袂で詠んだという。

越に来て冨士とやいはん角原の文殊がだけの雪のあけぼの

ここから武生市街まで、一二キロ程。時折風雨が激しく、歩くには苦労させられる状況であり、浅水駅から武生新駅まで電車を利用する。

駅前に予約した武生パレスホテルにチェックインしたのち、市街の芳春寺・ふるさとを偲ぶ散歩道まで散策する。四日ぶりに雨も止み随分助かる。駅から南西二キロ程に、この寺があった。社務所で芭蕉翁の墓（色紙塚）について尋ね資料を頂いた。

「あすの月雨占なはんひなか岳」芭蕉句碑、ふるさとを偲ぶ散歩道（武生市）

境内奥の手入れされた生垣に囲まれた一角内にある。資料によると、芭蕉直筆の「古池や蛙飛こむ水のをと」の句を色紙に書き埋め、芭蕉のみたまを奉ったお墓とある。芭蕉翁忌三十五年享保十五年（一七三〇）、各務支考によって建立されたものらしい。右側には解説板がある。

この寺から南西に歩くこと三十分、ふるさとを偲ぶ散歩道に出た。ここは紫式部公園として造成されたとある。目的の句碑は、散歩道の中間付近にあり、句碑は左内公園にあるものと同形で、建立者は同一人物で句は、

あすの月雨占なはんひなか岳　　芭蕉

とあり、裏面には「昭和五十七年（一九八二）、秋石橋緑泥建立」とある。目的の散策は完了し、予約したホテルへ戻ることにした。明日（二十三日）は大望の快晴が見込まれそうである。

平成二十三年九月二十三日（金）

快晴。朝六時半頃目覚める。今日はひさしぶりに空は青く、晴天が続きそうである。市街地味真野地区を散策する。三十分程循環バスに乗車。八時三十二分頃到着した。目的地毫摂寺には芭蕉句碑がないことが判り、次の霊泉寺へ向かう。十五分程歩き、駐在所近くの交差点付近から檜の高木が見え、その高木の間の参道を進み、山門を潜り本堂に参拝させて頂いた。本堂横の境内に目的の石碑が建立されている。石碑の天辺から裏側一面苔むしており、正面中央部分に「芭蕉翁」と刻印され、それ以外細部は不詳。後日の調べで、「月塚芭蕉翁」の刻印と、裏面には弘化四年（一

「三井寺の門敲かばや今日の月」月塚、霊泉寺（武生市）

八四七）秋味真野社中による建立であることが判った。

この石碑は毫摂寺から移建されたとある。この月塚の下に埋納された句が、

三井寺の門敲《たた》かばや今日の月

という芭蕉句で、元禄四年（一六九一）四十八歳の句とされている。

目的の散策は完了し、ＪＲ北陸線武生駅まで約七キロ戻ることにした。遠くに日野山（標高七九五メートル）が青くすっきりと山並を迎ぐことができる。ここで愚作の一句を詠むことができた。

日野山に秋空映す翁の跡　　正業

約二時間ひさしぶりの晴天下清々しくゆっくりと散策を楽しませて頂いた。

【道程】

大聖寺駅～吉崎宿～金津町～丸岡宿～松岡宿　一三キロ

宿泊地～天龍寺・永平寺・福井市街・福井城址・左内公園～宿泊地　一一キロ

宿泊地～足羽山公園内・継体天皇像～玉江橋跡～朝六つ橋・浅水駅～武生新駅～宿泊地・武生市街・芳春寺・ふるさとを偲ぶ散歩道～宿泊地　一七キロ

宿泊地～武生市街～味真野地区・毫摂寺～霊泉寺～JR武生駅　一三キロ

（累計　一一八三キロ）

芭蕉句碑　四基（累計　一二三基）

おくのほそ道句碑　六基（累計　一二九基）

其ノ三十三　武生・湯尾・敦賀・木之本・春照・関ヶ原を歩く

平成二十五年九月二十四日（火）～九月二十九日（日）
――敦賀高速バスインター～敦賀駅・湯尾駅～湯尾峠（芭蕉句碑）～今庄宿・今庄町役場（芭蕉句碑）・ＪＲ今庄駅・敦賀駅～敦賀市街・敦賀気比高校（芭蕉句碑）・西福寺（文学碑）～本隆寺（芭蕉句碑）・開山堂（芭蕉句碑）～常宮神社（芭蕉句碑）～氣比神宮（芭蕉句碑）～宿泊地
宿泊地～来迎寺（芭蕉句碑）・天屋玄流旧居跡・相生町（富士レストラン前）芭蕉翁逗留地跡・市民文化センター前（芭蕉句碑）～金前寺（芭蕉句碑）～宿泊地
宿泊地～西村家孫兵衛茶屋（おくのほそ道素龍清書本・芭蕉句碑）～木之本宿・宿泊地

宿泊地（木之本）〜浅井町（芭蕉句碑）〜草野川橋（芭蕉句碑）〜春照・伊吹山（宿泊地）

宿泊地〜藤川・玉宿〜ＪＲ関ヶ原駅〜東京駅

九月二十四日（火）、東京駅発高速バス（福井号）に乗車。敦賀インターに翌日五時十五分予定どおり到着した。

ここからおよそ三キロ先、ＪＲ北陸線敦賀駅まで歩く。予約しておいたビジネスホテル（高木）に装備のリュック等を預け、ＪＲ北陸線湯尾駅行きの電車に乗車。七時二十二分に湯尾駅に到着した。前回武生から繋ぐ途中の湯尾駅から出発する。

遠くにそれほど高くない山並（三ヶ所山・八ヶ所山）の山あいにある湯尾地区を歩き、次第に登り道が続き民家も切れた所から湯尾峠の入口となっている。

登り口の看板に「クマ出没注意」（カラー写真の部参照）とあり、頂上まで登るのに一時的にも躊躇したが、勇気を出して恐る恐る登ることにした。急勾配の道は結構きつい。およそ頂上まで一時間を要した。若干の広場に東屋のあるベンチで休憩をと

「月に名をつゝみ兼てやいもの神」芭蕉句碑、湯尾峠頂上広場（今庄町）

る。この東屋下近くに目的の句碑があった。

月に名をつゝみ兼てやいもの神

はせを

文献では、元禄二年の句とされている。解説板によると、湯尾峠は海抜二〇〇メートル、八ヶ所山、三ヶ所山に囲まれた鞍部にある。旧北陸道の要地で、北の庄（福井）からこの峠を通り、今庄宿〜木ノ芽峠〜栃ノ木峠を経て京都に至る。またこの場所は明治十一年（一八七八）、明治天皇北陸御巡幸の時御小休所とあり、記念碑が建立されていた。

隣りの木柱の道標には、ここから先一三キロに木ノ芽峠があり、道標に従い歩き始める。次第に下り坂、急坂な生い茂った樹林の中を下る。湯尾峠入口看板のクマ出没が気がかりでそそくさと急ぐ。途中ＪＲ今庄駅近くの樹林帯からぬけ出し、今庄町役場前に出た。ロータリーの前庭に句碑がある。

義仲の寝覚の山か月かなし　芭蕉

荊口句帳には前書に燧ヶ城とあり、この城に関する説明文にはこのようにあった。

「燧ヶ城は木曽義仲が平維盛に敗れた古戦場である。今は廃城であるが、ここに立てこもり、義仲は夜半の寝覚めにどんな思いで月を眺めたのか燧山を眺めていると義仲の悲しい運命がしのばれ月も悲しげに見えることだ」（小学館『芭蕉全発句』から）

「義仲の寝覚の山か月かなし」芭蕉句碑、今庄役場前（今庄町）

この句碑は、福井市左内公園や武生市ふるさとを偲ぶ散歩道に建立された句碑と同形で、「建立者石橋緑泥、昭和五十七年（一九八二）仲秋」とある。

ここから燧ヶ城があった山並が一望できる。再度山林に入り、木ノ芽峠・新保・樫田地区から敦賀に向かう予定であったが、やはりクマ出没が気がかりとなり、西近江路の散策を断念することにした。

ＪＲ今庄駅から敦賀駅まで電車を利用。芭蕉翁は旧八月十四日敦賀に宿し、氣比神宮・本隆寺等を散策したとあり、小生も敦賀市街にある句碑を散策する。今日予定した計画をすべて残り半日では無理があり、タクシーを利用する。

まず、敦賀気比高校グラウンド内にある句碑は、野球場の片隅に建立されていた。茶色の御影石に刻まれた句。

さまざまのこと思い出す桜かな　　芭蕉

裏面には「平成三年（一九九一）、第三期生卒業記念」とある。

この句は、貞享五年（元禄元年）、芭蕉四十五歳の句とされている。

「さまさまのこと思い出す桜かな」芭蕉句碑、敦賀気比高校グラウンド内（敦賀市）

撮影後、次の西福寺へ向かう。ここには「曾良文学碑」が書院庭園内にある。おくのほそ道には、この西福寺に立ち寄ったかどうか定かではないが、曾良旅日記（八月）にはこのように記されている。

「十日快晴。朝浜出詠ム。日連ノ御影堂ヲ見ル。巳刻、便船有テ、上宮趣、二リコレヨリツルガヘモ二リ。ナン所。帰ニ西福寺へ寄、見ル。申ノ中刻。ツルガへ帰ル。前夜、出船前、出雲や弥市民へ尋。隣也。金子壱両、翁へ可渡之旨申頼、預置也。夕方ヨリ小雨ス。頓テ止」

黒御影石に刻印され、「くの字」に繋がれた石碑。右面には、芭蕉曾良の立像。曾良実筆十日の頃日記が刻まれ、左面半分には日記文と解説が刻まれている。建立者は敦賀ライオンズクラブ、平成九年三月十五日とある。

ここからおよそ八キロ先が本隆寺である。敦賀半島の突端が立石岬灯台近くにあ

「衣着て小貝拾わんいろの月」芭蕉句碑、本隆寺境内（敦賀市）

り、この左岸西側には今も問題になっている「もんじゅ・ふげん」原子力発電所がある。

まず本隆寺本堂に詣でる。本堂すぐ脇境内に三基の句碑が並んで建立されている。最初に目についたのは円形の句碑、台座も御影石である。句碑には、

衣着て小貝拾わんいろの月　　芭蕉

とあった。この句碑は前書に種《いろ》の浜とあり、荊口句帳にある句西行の歌「汐そむるますほの小貝ひろふとて種の浜とはいふにやあらむ」への思慕の情を込めて詠んだと言われている。昭和五十八年（一九八三）、仲秋石橋緑泥建立。

その右横に建立されている句碑は、

小萩ちれますほの小貝小盃

であった（カラー写真の部参照）。裏面の解説には、芭蕉翁がこの地で遊ばれた時、同行の洞哉に筆をとらせて寺に残したとある。この記文を影写拡大したものを碑面に刻んだとある。昭和二十九年（一九五四）十一月、本隆寺第二十六世泰音建立。

またこの碑の隣りにもう一基の句碑があった。

浪の間や小貝にまじる萩の塵　　はせを

昭和二十一年（一九四六）十月、吉日敦賀俳句作家協会建立。

常宮神社まで戻り、社殿に参詣する。句碑は神社に入る鳥居を潜った左手にある大木に寄り添って建立されていた。前面は風化しざらざらした面に刻印が若干残っており、上五句の月以下は判読できない。裏面には文政五年（一八二二）、沢蘭秀建立とあるらしい。

後日の調べであるが、句は、

月清し遊行のもてし砂の上　　芭蕉翁

とあり、解説板もなくこれ以上調べることができなかった。

本殿から歩き拝所（山門）では、参拝された人達にと、宮司さんが種の浜で採取された沢山の小貝（ますほの小貝）を持ち帰っていいとのことで、小生も十五粒程拝領させて頂いた（カラー写真の部参照）。

敦賀半島（本隆寺・常宮神社等）の散策は完了した。

常宮神社前のバス停から敦賀駅前まで戻る。十五分程で着いた。すぐに氣比神宮散策に向かう。赤い大きな鳥居を潜り、次に神社内本宮鳥居を過ぎた所に本殿があり参詣する。本宮鳥居を出た正面に芭蕉銅像と句碑が添えられている。芭蕉像の台座の句。

月清し遊行のもてる砂の上　　はせを

側面の解説文には、「芭蕉は待宵のここ氣比神宮に詣で月下の社頭で、二代遊行上人砂持ちの古例を詠み、更に推敲を重ねて月清し……銅像の句となし、おくのほそ道にこの句をとどめた」とある（カラー写真の部参照）。

昭和五十七年（一九八二）十一月十三日建立。敦賀市新道野の西村家秘蔵の素龍本の原文より書体を写したという。

また芭蕉銅像の左奥にも大きな句碑（高さ二・六メートル、幅四・四メートル、重量三〇七キロ）が建立されている。

荊口句帳の芭蕉翁月一夜十五句のうち、敦賀での句五句を彫り込んでいる。句は右から、

一、國々の八景更に氣比の月

二、月清し遊行のもてる砂の上

三、ふるき名の角鹿《かじか》や恋し秋の月

四、月いつく鐘ハ沈る海の底

五、名月や北國日和定めなき

となっている。平成八年（一九九六）五月十五日、氣比神宮建立。
またこの近くに黒影石に彫られた副碑として、芭蕉と敦賀の月の説明文と芭蕉句三
句がある。

一、中山や越路も月ハまた命

二、月のみか雨に相撲もなかりけり

三、衣着て小貝拾ハんいろの月

平成八年（一九九六）五月十五日、氣比神宮建立。

また奥まった木々の下にもう一基の句碑がある。

平板の山形の石面には氣比のみや

なみたしくや遊行のもてる砂の露　　はせを

「昭和三十一年（一九五六）、翁忌、敦賀俳句同好者有志建立、昭和五十九年改刻真蹟拡大、季石」とある。もうすでに十六時を過ぎ、敦賀駅前のホテルに戻ることにした。

「なみたしくや遊行のもてる砂の露」芭蕉句碑、氣比神宮境内（敦賀市）

平成二十五年九月二十六日（木）晴

七時三十分ホテルを出発。まず、敦賀湾に流れ込む笙の川を俎上した所に来迎寺がある。この寺の入口付近に句碑があり、中半分から破損したものをそのまま乗せたものである。

氣比神宮御砂持神事　二代真教上人　御舊跡《ごきゅうせき》

月清し遊行のもてる砂の上　　芭蕉

「明治三十二年（一八九九）一月、山下五衛門建立、西方寺より昭和二十八年十月移建」とある。また近くには副碑として、昭和五十九年（一九八四）八月、敦賀市文化協会により建立された碑がある。

次につるが大漁市場近くにある天屋玄流旧居跡へ向かう。現在駐車場になっている片隅に石柱が建立されている。

解説板によると、芭蕉が訪れた八月十六日に種の浜に出た際の案内人は実名室五郎右衛門といい、当時の敦賀の俳壇で中心的人物であった。また明治期まで北前船主としても活躍したらしい。この駐車場には平成十四年まで煉瓦造りの二階建て洋館があった。

玄流は、芭蕉のために船を仕立て食事や酒などを用意してもてなしたという。同行した神戸洞哉（等栽）がその日のあらましを記した種の浜遊記が残っている。

次に出雲屋跡へ向かう。氣比神宮に向かう大通り（相生町商店街）にある富士屋レストランの所にあったという。このレストラン前の歩道に四角柱があり、芭蕉翁逗留出雲屋跡とある石柱。このレストラン入口付近に解説板があり、要約すると、昔は唐仁橋町といいこの宿の主人（弥一郎）の案内で八月十四日に宿泊し、氣比神宮に参詣したとある。またこの宿に笠と杖を残し、現在杖は竹杖として敦賀市指定文化財として保存されている。石柱には創立二十五周年記念、昭和五十九年八月敦賀市文化協会の建立とある。

後日の調べであるが、ここ富士屋レストランの名物ソースカツ丼を食することを忘れてしまい至極残念であった。

ここから敦賀湾まではさしたる距離ではなく、桜町通りの市民文化センター前まで歩く。歩道の植込みの中にある句碑で、高さ二メートル程岩板の中心を彫り、黒御影石の石板をはめ込んだものである。前書に「氣比の海」とあり、

「国〻の八景更に氣比の月」芭蕉句碑、市民文化センター前（敦賀市）

国〻の八景更に氣比の月

がある。昭和五十七年（一九八二）六月、
敦賀ロータリクラブ建立。

解説板によると、敦賀の海の美しさに感動して詠まれたもので、芭蕉翁月一夜十五句の内の一句とある。昭和三十四年に、大垣市で発見された荊口句帳から書体を写し取ったもの。書体は八十村路通（芭蕉門弟）によるものであった。

敦賀湾から北西にある金前寺へ歩を進める。海風が随分吹きつけてくる。それほど寒さは感じない。湾沿いの赤レンガ倉庫脇を通り、旧国鉄の引込み線を渡った所からすぐに金前寺がある。山際の所には六角形屋根の鐘突堂が目につく。入口付近には金前寺々歴の看板があり、掲示された中程に元禄二年（一六八九）、俳聖芭蕉が来遊したことが記載されている。またこの寺の裏口付近に目的の句碑が建立されていた。

月いつこ鐘は沈るうみのそこ

はせを

金前寺は昭和二十年七月空襲で全焼したが、この句碑は宝暦十一年（一七六一）十月、白崎琴路らによる建立とあり、この句碑だけが残存したらしい。

「月いつこ鐘は沈るうみのそこ」芭蕉句碑、金前寺社務入口（敦賀市）

この寺で目的の句碑散策は完了し、氣比神宮前から本町商店街通りを歩きホテルに戻った。

平成二十五年九月二十七日（金）晴

六時起床、早々にリュックの整理を済ませ本日の散策コース、敦賀市街から国道8号線を進み、途中麻生口から峠道となり塩津街道を歩く。しかし芭蕉翁が歩いたとされる道は二通りあるらしい。

一つはこの塩津街道を南下し塩津浜（琵琶湖）を経て木之本宿へのコースと、もう一つは麻生口から刀根地区・柳ヶ瀬を越え余呉を通り木之本宿へのコース。どちらの道を歩いたか定かではないという。小生は西村家を目指す、塩津浜コースを選ぶ。国道8号線を麻生口からおよそ二時間を要し、やっと西村家・孫兵衛茶屋に到着した。このコースは当時とは随分違っていると思うが、やはりきつい登りの峠道であった。

まずこの茶屋の御主人（西村久雄氏）の了解を得て、西村家庭園内にある句碑を撮影させて頂いた。

松風の落葉か水の音す丶し　はせを

資料によると、文政元年（一八一八）鶏群舎野鶴による建立。句は芭蕉四十一歳頃、天和四年・貞享元年の作とされる。この鶏群舎野鶴は西村家十世（資料拝領）とある。

また食堂内のガラスケースの中に「おくのほそ道素龍清書本（レプリカ本）」が常時展示されており、撮影させて頂いた（カラー写真の部参照）。

店主（西村氏）は昼めし配膳に忙しく、お話を聞くことができず、小生も名物とろ

「松風の落葉か水の音すゝし」芭蕉句碑、西村久雄氏庭園（敦賀市）

ろかけ蕎麦をおいしく食させて頂いた。休憩後店主にお礼申し上げ、西村家伝来の資料を頂きこの茶屋を後にした。

この茶屋付近から峠の下り道で、国道8号線の福井・滋賀県の県境でもあった。江戸時代小浜藩の国境（新道野）で女留番所を設け往来を取り締まった所でもあるらしい。六キロ程歩き、北陸線近江塩津駅まで辿り着いた。

本日の宿泊地は木之本宿でここから五キロ程ある。木之本宿での句碑散策はなく、明日の体力を蓄えるために木ノ本駅まで電車を利用した。旅館のチェックインまでの時間を利用し木ノ本駅周辺を散策する。まず平成二十六年の大河ドラマ「軍師官兵衛」の幟旗が沢山棚引き、人々を引き寄せる。特に戦国大河ドラマ館・黒田家御廟所・賤ヶ岳古戦場はここからすぐ近くであった。木之本物産店で『黒田官兵衛と京極高次』の本を購入した。ベンチでコーヒーを飲みながらしばし読書。

旅館へは十六時三十分頃着いた。まず風呂をお願いし三日ぶりに畳の上で寛ぎ、配膳された料理を完食した。勿論お酒・ビール付で品数の多い料理を十分満足させて頂いた。

平成二十五年九月二十八日（土）晴

六時三十分起床、七時五十分旅館を出発。今日は一日中晴天らしい、御主人から氷水入りのペットボトルを頂き旅館を後にした。途中、浅井町・草野川橋・北国脇住還・春照・伊吹山まで歩を進める。

木之本宿から国道365号線を辿り、途中田圃道に入り、雨森地区から阿弥陀橋へと進む。この辺の道路は芭蕉が辿ったとされているが、何一つ足跡らしきものは残っていなかった。国道365号線にまた戻り、伊部地区を過ぎ、国道沿いの浅井町地区にある福良荘（老人ホーム）に辿り着いた。この老人ホームの玄関前にある庭園内にお邪魔した。句碑面は風化が激しく、全文は判読ができない。とりあえず撮影し、後日の調べであるが、

ちちははの頻《しき》りに恋し雉子の聲　翁

昭和三十三年（一九五八）秋、近藤弥須三建立。

文献では、笈の小文の中の一句、貞享五年・元禄元年、芭蕉四十五歳頃の句とされている。

およそここから三キロ先に架かる草野川橋付近まで歩を進める。傍らにある句碑は、茄子を縦に輪切りにしたようなもの。

田一枚植えて立ち去る柳か那　翁

昭和三十二年（一九五七）十月、漣藤次

「ちちははの頻りに恋し雉子の聲」
芭蕉句碑、福良荘庭園（浅井町）

郎建立。

この句は那須郡芦野にある遊行柳にある同一句である。この句碑以降はなく、春照・伊吹山まで歩くのみである。

国道365号線の途中、野村橋付近から北国脇往還を辿り、九キロ程の山道を登る。アップダウンが続き、きつい道路である。春照宿での宿泊予約はしておらず、やはり五軒も断られてしまった。やっと上野地区の伊吹山山麓にあるペンションいぶきに宿泊することができた。もうすでに十六時三十分を過ぎていた。風呂に入り夕食をお願いした。

一階のラウンジでの食事（フランス風）、地ビールを飲みながら、料理をじっくりと味わい食した。部屋に戻り疲れのせいかすぐに寝ていた。

平成二十五年九月二十九日（日）晴

七時頃起床、朝食後準備を済ませ、八時三十分頃ペンションを出発。伊吹山頂上付近には雲が棚引き山全体を見通すことができない。今日一日良い天候が続くことを祈り歩き出す。伊吹山山麓の山道を進む。結構きついアップダウンの多い道である。芭蕉が歩いたとされる北国脇往還に合流し、藤川・玉宿まで辿り着いた。

伊吹山ドライブウェイの入口付近で休憩。ここから関ヶ原古戦場が近くだ。資料によると慶長五年（一六〇〇）九月十五日笹尾山に陣取る石田三成（西軍）と桃配山《ももくばりやま》で采配を振るう徳川家康（東軍）が対峙したとある。

国道365号線を下る山側に石田三成陣跡がすぐ近くにあるので登ることにした。今は林の中に石柱があり「史蹟関ヶ原古戦場　石田三成陣地」とあった。

ここから三キロ程下方には徳川家康の桃配山陣跡があるらしい。しかし戦場内の散策は取り止め別の機会とした。国道365号線に戻り国道21号線と交差する所まで歩き、ここからJR東海道線関ヶ原駅方向へ左折する。

今回の旅は、九月二十四日から六日間踏破することができ、次回むすびの地大垣がやっと見えてきた。

小生の旅も最終回となる。芭蕉翁が辿ったおくのほそ道をゆっくりと噛み締めて辿りたいものである。

【道程】

敦賀高速バスインター～湯尾峠～今庄宿～敦賀市街～本隆寺・常宮神社～氣比神宮～宿泊地　二三キロ

敦賀市街～来迎寺・天屋玄流旧居跡～市民文化センター前～金前寺～宿泊地　一五キロ

敦賀市街～麻生口～西村家孫兵衛茶屋～近江塩津駅～木之本宿　二三キロ

木之本宿～浅井町～草野川橋～伊吹山　三一キロ

宿泊地～伊吹山山麓～藤川・玉宿～関ヶ原駅　一五キロ（累計　一二九〇キロ）

芭蕉句碑　三基（累計　一二六基）

おくのほそ道句碑　一四基（累計　一四三基）

其ノ三十四　関ヶ原・垂井・赤坂・大垣を歩く

平成二十六年十月一日（水）～十月四日（土）

――ＪＲ大垣駅・関ヶ原駅～不破関（芭蕉句碑）～若宮神社（芭蕉句碑）～垂井駅・白山神社（芭蕉句碑）・本龍寺（芭蕉句碑）～垂井の泉（芭蕉句碑）～青少年憩いの森遊歩道・元円興寺跡～法泉寺（芭蕉句碑）～明星輪寺（芭蕉句碑）～美濃赤坂駅・大垣駅～宿泊地旅館～新大橋・水門川遊歩道・八幡神社（芭蕉句碑）～圓通院（芭蕉句碑）～大垣城外濠～奥の細道むすびの地（蛤塚）・芭蕉立像・芭蕉送別連句塚他二基～竹島会館（芭蕉句碑）～正覚寺（芭蕉句碑）～宿泊地（養老町／芭蕉句碑）～帰宅

「おくのほそ道」を歩くこと十二年やっと目的の地大垣が見えてきた。この旅は大垣むすびの地をもって完了する。

残り少なくなり一抹の寂しさを感じる次第。この長かったおくのほそ道を辿った嬉しさと寂しさが駆け巡る。

平成二十六年十月一日決行する。JR西船橋駅停留所発夜行バス（ファンタジア）名古屋一号に乗車。翌日二日七時八分、名古屋に到着した。東海道本線（下り）八時五十七分予定どおり関ヶ原駅に着いた。

国道24号線を西に向かって歩く。目的地は不破関と若宮神社である。二キロ程先に不破関資料館がある。入口から奥に進み資料館を過ぎた所に、平屋建ての自宅で三輪産婦人科とあった。その前庭にある芭蕉句碑と対面した。

秋風や藪も畠も不破の関　　はせを翁

この句は天和四年・貞享元年（一六八四）、芭蕉四十一歳の作。「甲子吟行」（野ざらし紀行）で詠まれたもの。文化年間（一八〇四〜一八一八年）頃に建立され、以哉

「秋風や藪も畠も不破の関」芭蕉句碑、三輪産婦人科前（関ヶ原町）

派七世、野村白寿坊によるものらしい。

※不破の関……壬申の乱、関ヶ原合戦における日本歴史のひとつである。この近くにある若宮八幡宮には壬申の乱で敗れた大友皇子が祭られている。

撮影後、国道21号線に戻る。ここから次の目的地若宮八幡神社（常盤御前墓所）内にある句碑を訪ねる。

およそ二キロ先、国道21号線を西に歩き、途中東海道本線を跨ぎ、山林に入り、高坂の階段を登る。小さな神社があり、若宮神社と思ったが、この神社は関ヶ原合戦における石田三成に加勢した大谷吉継の陣跡で、ここから三〇〇メートルを登った所に吉継の墓所があるらしい。

神社に参詣したのち、目的の常盤御前（源義経の母）墓所にある句碑に向かう。東海道線沿いの小道を歩くこと三十分、小さな社と石碑が並んで建立されていた。その

中の一基に、

義とも心に似たり秋の風　はせを翁

文久二年（一八六二）八月、美濃派十五世、国井化月坊による建立。一八〇〇年代の建立とはいえ刻印はしっかりと判読できた。この句は翁が野ざらし紀行の折に詠んだもので、天和四年・貞享元年（一六八四）四十一歳の作と言われている。

しばし境内で休憩後、関ヶ原方向垂井駅まで戻る。

「義とも心に似たり秋の風」芭蕉句碑、常盤御前の墓所付近（関ヶ原町）

垂井駅北西菩提山ハイキングコースを登る中途にある白山神社まで六キロ程ある。歩きで半日以上を費やしては残りの句碑散策はできなくなるため、ここでは住復タクシーを利用した。小さな社に参拝したが常日ごろ氏子がいる所ではなく、ひっそりとした神社であった。

句碑は神社へ登る所に建立されている。解説板には元治元年（一八六四）三月化月坊梅故による建立とある。

此山の悲しさ告よところほり　　芭蕉翁

貞享五年・元禄元年（一六八八）の笈の小文の中にある句で、翁四十五歳の作とされている。

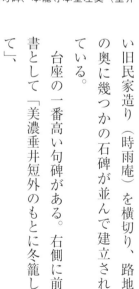

ここから次の本龍寺までタクシーをお願いした。本龍寺入口付近で下車。山門もない旧民家造り（時雨庵）を横切り、路地の奥に幾つかの石碑が並んで建立されている。

「作り木の庭をいさめる志ぐれ哉」芭蕉句碑、本龍寺本堂左奥（垂井町）

台座の一番高い句碑がある。右側に前書として「美濃垂井短外のもとに冬籠して」、

作り木の庭をいさめる志ぐれ哉　　はせを翁

とある。解説板によると、この寺の住職・玄潭（俳号は規外）と交友があり、芭蕉が元禄四年（一六九一）冬にこの本龍寺に滞在したとある。建立者は美濃派ゆかりの俳人傘狂によるものとある。文化元年（一八〇四）の建立。

文献によると、「作りなす庭をいさむるしぐれかな」の東野芭蕉が芭蕉句とされている。この句碑が初案とされているが、誤伝とされている。

「葱しろくあらひ上たる寒さかな」
芭蕉句碑、玉泉寺前・垂井の泉内
（垂井町）

垂井町内を歩き、宮代地区にある垂井の泉へ向かう。今も湧き出る泉があり、小さな庭園に造形された池の後方に建立された句碑がある。

葱しろくあらひ上たる寒さかな　　芭蕉翁

安永四年（一七七五）の冬至の日（十二月二十二日頃）、櫟原君里造立文献によると、「葱白く洗ひたてたる寒さ哉」の翁の句が一般的とされている。芭蕉四十八歳の作。

関ヶ原・垂井地区の散策は完了し、いよいよ赤坂・大垣まで歩を進める。五・六キロ程歩いた地点で次第に雲行きが怪しくなり、そぼ降る雨となった。目的の句碑は赤坂宿から北西の山腹にある源朝長の墓近くにある句碑。大分山を登り、青少年憩いの森散歩道を登る。大降りとなりタクシーに赤坂町・法泉寺・明星輪寺方面へ向かって頂く。中山道が国道417号線と交わる所から坂道を登った所に法泉寺がある。この寺も小さな門から本堂がすぐにあり、参詣した。玄関から撮影の許可をお願いした。

入口右側の藤棚の下に句碑が建立されている。

草臥《くたびれ》て屋とかる頃や藤の花　　芭蕉翁

裏面に天保十五年（一八四四）三月、法泉寺住職赫陵建立とある。

栃木県壬生町にも同句があった。

タクシーでここから北へ一・二キロ程山を登った所に、金生山明星輪寺（通称こく

「鳩の聲身に入わたる岩と哉」芭蕉句碑、明星輪寺山門左（赤坂町）

ぞうさん）がある。近くには金生山化石館・岩巣公園があり、この寺の山道でタクシーに待機して頂き、山道を登る。山道の途中に山門があり、金剛力士像（二尊）があった。本堂まで大分登り本堂に参詣。山門まで下り、この山門の右手奥山際に建立された句碑がある。

鳩の聲身に入《しみ》わたる岩と哉　　はせを

上下二面に岩板をくり貫き、上部の解説板には「赤坂虚空蔵にて八月廿八日奥の院『はとのこえみにしみわたるいわとかな　はせを』」とあり、下部に句のみが刻まれていた。「芭蕉奥の細道の旅。元禄二年の作（漆嶋所在）と故吉田氏の遺志を継ぎここに建碑、昭和四十七年秋、大垣文化財保護協会」とある。

文献にも「八月二十八日（陽暦十月十一日）頃、宝光院の奥の院に立ち寄った」とある。翁は大垣の水門川を船で下ったのが旧九月六日で、大垣に逗留中にこの寺に立ち寄ったとある。

待機させていたタクシーに戻り、ＪＲ美濃赤坂線の赤坂駅まで乗車。この駅から大垣駅に辿り着いた。上様とは宿泊旅館（菊水）で合流した。

まずお風呂をお願いする。お客が少ないのか、一番風呂に上様と一緒に入浴することができた。すぐに夕食をお願いし、踏破記念を二人で乾杯。今日一日の疲れを癒やすには十分だった。

平成二十六年十月三日（金）晴

大垣城外周を流れる水門川周辺に建立されている句碑を散策する。八時三十分、上様と共に出発。大垣駅近くの新大橋両岸に建立されている句碑（ミニ奥の細道二十基）

は、すべて小生の旅において散策しているので除外することにした。
ここから八幡神社まで歩を進める。境内の奥まった所にある社に詣でた。境内中程の大木下に石柱上部が円形にくり貫かれた細長い句碑がある。

析ゝに伊吹をみては冬こもり　　はせを

昭和三十四年（一九五九）四月、大垣市文化財協会建立。文献によると、句は元禄四年、四十八歳の作で、大垣の地に再度訪れた時の句とある。

この神社から水門川は大きく左折し、大垣城を囲む外堀であることが判る。この外堀沿いを歩き、東側の奥まった所に圓通院がある。本堂に参詣し入口山門近くに目的の連句碑が建立されている。

「析ゝに伊吹をみては冬こもり」芭蕉句碑、八幡神社（大垣市）

こもり居て木の実草の実拾はゝや　芭蕉

御影たつねん松の月　如水

前書に、「元禄二年九月四日、大垣藩の重役戸田如水子別墅にて」とある。平成三年（一九九一）十月十日、美濃派獅子門麗水社建立。

文献にも前書に「如水子別墅《べっしょ》にて即興」とある。

「こもり居て木の実草の実拾はゝや」連句碑、圓通院山門左（大垣市）

こもり居て木の実艸のみひろはゝや

後の元禄二年九月四日、大垣の如水の下屋敷に招かれた折に巻かれた連句の発句で、如水への挨拶句とされている。大垣を旧九月六日に船出する二日前に詠まれたことになる。

むすびの地へミニ奥の細道句碑群を過ぎるところから分水路になっており、ここを左折した所に目的の句碑がある。

ふらすとも竹植る日はみのと笠　　芭蕉

平成四年（一九九二）三月、大垣水郡ライオンズクラブ建立。小生刊行本二巻（飯坂〜出羽三山編）の中、登米神社（宮城県）にある句と同一である。

ここから右折し、五〇メートル先が目的地おくのほそ道むすびの地である。

途中にもう一句の句碑がある。

隠家や菊と月とに田三反　　芭蕉

昭和六十三年（一九八八）十月十四日、大垣市ロータリークラブ建立。住吉公園資料館前に建立されている。

文献ではこの句の中七部分において「月と菊とに」とあり、句文が反転している。何故なのかは不明である。元禄二年（一六八九）八月二十一日頃、大垣に到着間もな

「蛤のふたみに別行秋ぞ」芭蕉句碑、水門川畔・奥の細道むすびの地（大垣市）

い頃の句とされている。

上様と一緒にこのむすびの地にゴールインした（カラー写真の部参照）。この先には翁の立像と木因の像があり、小生二人を迎えて頂いた。

新しくなった「奥の細道むすびの地記念館」で上様には御休息頂いて、その間残りの句碑散策を始める。

まず蛤塚句碑・芭蕉送別連句塚・船町句碑・竹橋会館前句碑・正覚寺句碑へ向かう。

蛤塚は翁像の近くに建立され、菱形の句碑で、前面円形に彫った石面に前書として、「い勢にまかりけるをひとの送りければ」とあり、

蛤のふたみに別行秋ぞ　はせを　(桃)

とある。裏面には「元禄二年九月六日、芭蕉がここで奥の細道の旅をおわり伊勢に向かった別《わかれ》の句で旧主藤堂家秘蔵の遺墨から複写し蛤塚として建立した」とある。昭和三十二年九月六日、大垣市文化財協会建立。

ここから近くにある朱塗りの住吉橋を渡った袂に芭蕉送別連句塚がある。山型の岩盤に彫り込まれた連句がある。

木因舟に而送り　如行其外連衆舟に乗りて三里ばかりしたひ候

秋の暮行先々は苫屋哉　木因

萩にねようか萩にねようか　はせを

霧晴れぬ暫ク岸に立給へ　如行

芭蕉送別連句塚（杉風宛書簡真蹟）、住吉公園・奥の細道むすびの地（大垣市）

蛤のふたみへ別行秋ぞ　　愚句
先如此に候　以上　九月廿二日
はせを　　　　（杉風宛書簡真蹟）

裏面の解説には、「元禄二年仲秋俳聖はせをは大垣で奥の細道の行脚を終え多数の門人に見送られて伊勢二見の浦に到り同地より高弟杉風へ大垣船出の様子を知らせた。ここにその真筆を刻して之を縁《ゆかり》の地に建る。昭和三十六年九月二十二日大垣市」とあった。

近くにある住吉燈台を撮影した後、この水門川沿いを北に貝殻橋近くにある句碑へ向かう。

花にうき世我酒白くめし墨し　　芭蕉子

平成三年（一九九一）三月、大垣拓本協会建立。芭蕉真蹟を刻んだもの。文献では天和三年（一六八三）四十歳の作。

ここから東に歩を進め、竹島町竹島会館前（竹島本陣跡）へ向かう。この会館前にある句碑は、

其まゝよ月もたのまし伊吹山　　桃青

昭和三十八年（一九六三）十月、大垣市文化財協会建立。文献によると元禄二年の頃、斜嶺亭での吟としているが、元禄四年芭蕉が大垣に再訪した折の句とされている。

ここから南西にある正覚寺に向かう。県道31号線を歩く。三十分程要した。本堂の裏手の奥まった所に句碑が沢山あり、その中に二基並んで建立されている句碑がある。解説板によると芭蕉・木因遺跡として、「俳聖松尾芭蕉の美濃来遊四回は俳友谷木因が大垣にいたためである。木因は名を正

保九太夫と称し木因はその号である。船町の船問屋の家に生まれ北村季吟の門口に入って俳諧を学んだ。芭蕉とは同門であったので壮年から交わりが深く貞享・元禄年間に大垣俳人の先駆をなし、大垣藩士近藤如行をはじめ多くの門弟を芭蕉門下にいれた。元禄七年（一六九四）芭蕉が大阪で病没すると木因は深くこれを悼み船町正覚寺に路通筆『芭蕉翁』追悼碑を建てた。木因の死後芭蕉・木因の因縁をしのび木因碑を建て芭蕉木因遺蹟とした（大垣市教育委員会）」

とある。右側にある追悼碑には「元禄七戌年芭蕉翁・十月十二日、元禄八年（一六九五）一月十二日百日忌大垣蕉門建立」とあり、左側の句碑には、

あかあかと日はつれなくも秋の風　　はせを翁

と添えられている。明治七年（一八七四）一月十二日、鉄香らによる建立。文献によるとこの句は、金沢三日目（旧七月十七日）北枝亭で披露されたものとしている。小生の旅の中では富山県・石川県に多く句碑が建立されていた。

むすびの地記念館に戻り、上様と合流する。館内の芭蕉館に入館した。ＡＶシア

「あかあかと日はつれなくも秋の風」芭蕉追悼句碑、正覚寺（大垣市）

ター・常設展示場・企画展示場等をじっくりと見学させて頂いた。

特におくのほそ道全行程図の前で、しばし二人でみちのりの状況について語り合うことができた。これで大垣市の目的の句碑散策は完了し、また小生の旅の全行程も終了する。小生の愚作を一句献上したい。

結びの地辿りし秋ぞ道中途《みちなかば》　正業

顧みると今までの旅の苦しさ楽しさ、熊の出没、暑い暑い毎日等、夢のように駆け巡り何かこのおくのほそ道に残してきたものはないか、何か完了していないのではないかをこの句に込めて詠ませて頂いた。

ここから大垣駅に戻り、養老鉄道線の養老駅まで電車を利用。養老町にある鄙びた旅館（千歳桜）に上様と二人、慰労を兼ねた小宴をすることにした。

なおこの旅館の前庭には、芭蕉句碑がある。

結ぶより早歯にひゝく泉かな　　芭蕉翁

明治初年（一八六八）、多芸社中耕月庵花賞建立。解説板には元禄二年大垣で詠まれた句としているが、文献によると天和・貞享年間頃の句で拠る所不明としている。芭蕉四十歳以降の作と言われている。

翌朝、養老山（標高八五九メートル）から湧き出る名瀑の養老の滝まで散策する。山を随分登るのであるが上様の歩幅に合わせ四十分程要した。何か精霊が舞い降りたかのごとく、二人滝に向かって手を合わせたのである。旅館に戻り、朝食を済ませ、養老駅から大垣駅に戻り帰宅した。

【道程】

ＪＲ大垣駅・関ヶ原駅～不破の関・若宮神社～垂井駅・白山神社～本龍寺・垂井の泉～元円興寺跡～法泉寺～明星輪寺～美濃赤坂駅・大垣駅・宿泊地

二〇キロ

旅館～新大橋・水門川遊歩道・八幡神社・圓通院・大垣城外濠周辺・奥の細道むすびの地・芭蕉送別連句塚・竹島会館（芭蕉句碑）～正覚寺（芭蕉句碑）～養老町（芭蕉句碑）・宿泊地

一三キロ（累計　一三二三キロ）

芭蕉句碑　一一基（累計　一三七基）

おくのほそ道句碑　六基（累計　一四九基）

あとがき

小生の旅は、「おくのほそ道とは何か」という淡い疑問と期待から発し、少しでも芭蕉翁という人物を知ろうと、一人入門をしたのであります。

その間、芭蕉以前の先人達やおくのほそ道の旅における全国各地の門人、俳諧師、弟子等また豪商まで加わり、このおくのほそ道を完遂させたのであります。

紀行文中には、五十二句程詠まれた俳句があり、いずれも名句とされている。また各地域での俳諧興行を催し連句塚も沢山あった。小生の旅において地域ごとに建立されている句碑について、おくのほそ道句、芭蕉句、存疑の句、誤伝句等を区分し調べ詳述した。

そして句碑とはどのようなものなのか、そこにはいかなる俳句が刻まれているのか、後生の俳人衆、門人・詩人等が芭蕉の俳句をこよなく愛し、受け継がれたのか、おくのほそ道沿線に建立された句碑をできるだけ多く掲載することができた。

ある本には、芭蕉が歩いた紀行ルートがいまだはっきりしていない地域もあった。小生なりにこのルートを芭蕉が歩いたと信じ踏破してきた。また熊の出没が気掛かりとなり歩行ルートを断念した峠道もあった。

多難多きおくのほそ道でいまだ結論を見い出せない小生である。どうぞこの拙本を購読された皆様方には御自身の足で一歩踏み出しては如何でしょうか。何かを得られれば幸甚に存じます。

本書を発刊するにあたり、文芸社のスタッフ始め各地の資料館、観光協会、学芸員の傍々の深い御支援御協力を賜り厚く感謝申し上げます。

なお小生の刊行本は、

〔第一巻〕
深川（採茶庵《さいとあん》）、千住から草加・春日部・古河・小山・楡木《にれぎ》・鹿沼・栃木・日光・黒羽・白河・二本松・飯坂まで踏破した記録

〔第二巻〕

飯坂を基点に、岩沼・松島・石巻・平泉、一関から奥羽山脈を越え、鳴子・立石寺・最上川・羽黒山・月山・湯殿山を踏破した記録

（第三巻）

日本海側を基点に、鶴岡・酒田・象潟・新発田・高田・新潟・市振・金沢・山中温泉・永平寺・敦賀・木之本・関ヶ原・垂井・赤坂・大垣（むすびの地）を踏破し完結した記録

本書をまとめるにあたって、左記の皆様方には大変お世話になりました。御迷惑をおかけしたことを深くお詫び申し上げここに感謝いたします。

どうぞ細く長いこのおくのほそ道との旅にお付き合いをお願し完結とさせて頂きます。

皆様の御健康と御活躍をお祈り申し上げます。

（合掌）

1 鶴岡観光協会
2 温海企画観光商工課
3 弥彦観光協会
4 (株)又助組　齋藤様
5 新発田市教育委員会
6 日本道路株式会社(北陸道と奥の細道紀行資料)
7 石川県立歴史博物館
8 山中温泉観光協会および医王寺住職様
9 福井県観光連盟
10 敦賀観光協会
11 大垣市奥の細道むすびの地記念館

二〇一八年四月

赤羽正業《あかばねせいぎょう》

芭蕉翁に関わる略年系譜

和暦	西暦	生涯・関連歴史事項
永延二年	九八八	●能因法師（橘永愷）誕生。二六～二七歳頃出家する。
長和二年	一〇一三	旅は畿外では甲斐・三河・陸奥・遠江・美濃・伊予・美作を歩く。
長和三年	一〇一四	再度陸奥への旅。
永承五年	一〇五〇	
天喜六年	一〇五八	没（没年は不明とされる）
元永元年	一一一八	●西行（佐藤義清）誕生。
久安三年	一一四七	陸奥を旅す。二六～三〇歳頃とされる。
文治二年	一一八六	再度陸奥平泉への旅。
建久元年	一一九〇	二月西行死去。
久寿二年	一一五五	●鴨長明が神社の禰宜の次男として誕生。
治承四年	一一八〇	秋に摂津（大阪・兵庫の一部）を旅す。
文治二年	一一八六	秋～冬、伊勢を旅す。
建暦二年	一二一二	『方丈記』を作成する。

和暦	西暦	生涯・関連歴史事項
寛文六年	一六六六	芭蕉、京にいる季吟門下になる。
延宝四年	一六七六	甲斐の山口素堂と俳諧興行を実施（芭蕉）。
天和三年	一六八三	曾良が門弟となる。
貞享元年	一六八四	『野ざらし紀行』の門人、千里を同行。
貞享四年	一六八七	鹿島詣・笈の小文の旅、曾良、宗波を同行。
元禄元年	一六八八	信濃の更科を旅す。『更科紀行』を表す。
元禄二年	一六八九	おくのほそ道への旅、曾良を伴う。
元禄七年	一六九四	『おくのほそ道』素龍本が完成する。
同	同	九月下痢で病に臥す。
同	同	十月病中吟「旅に病んで夢は枯野をかけ廻る」を詠む。
同	同	十月十二日死去（大阪）。
同	同	十月十四日大津・義仲寺に埋葬される。

建保四年	一二一六	六月長明死去。
寛永元年	一六二五	●北村季吟　誕生。後に『土佐日記抄』『伊勢物語拾穂抄』『源氏物語湖月抄』などの注釈書を著す。元隣・芭蕉・素堂らのすぐれた門人を輩す。
宝永二年	一七〇五	季吟死去。享年八二歳。
寛永十九年	一六四二	●蝉吟（藤堂良忠）が藤堂新七郎の摘子として誕生。
寛文五年	一六六五	貞徳翁の十三回忌追善興行を主宰する。芭蕉・一笑と共に一座に名を連ねる。
寛文六年	一六六六	蝉吟死去。享年二五歳。
正保元年	一六四四	●松尾芭蕉が伊賀上野に六人兄弟の次男として誕生。
寛文三年	一六六三	十九歳の頃、伊賀上野・藤堂新七郎家に召抱えられ、当主良精の摘子良忠（蝉吟）に仕える。
寛文五年	一六六五	良忠（蝉吟）は貞徳翁の十三回忌追善興行に、芭蕉・一笑と共に一座に名を連ねる。

※この略年系譜は、『古語辞典』（旺文社）、『西行・山家集』（学習研究社）、『北村季吟略年譜』（ミネルヴァ書房）、『週刊おくのほそ道を歩く』（角川書店）等を参考に作成したものである。

参考文献

『週刊おくのほそ道を歩く』羽州浜街道・北国街道・美濃路編　角川書店
『芭蕉俳句集』中村俊定・校注、岩波書店（岩波文庫）
『芭蕉おくのほそ道　付　曾良旅日記　奥細道菅菰抄』萩原恭男・校注、岩波書店（岩波文庫）
『新編日本古典文学全集71　松尾芭蕉（2）紀行・日記編　俳文編　連句編』小学館
『俳句小歳時記』水原秋櫻子・編、大泉書店
『石に刻まれた芭蕉　全国の芭蕉句碑・塚碑・文学碑・大全集』弘中孝　智書房
『写真・文学碑めぐり〈第1〉芭蕉・奥の細道』本山桂川　芳賀書店
『忘れられた俳人　河東碧梧桐』正津勉　平凡社（平凡社新書）

『おくの細道散策マップ本』株式会社インフォマーシャルニシカワ・企画制作
『おくの細道の今を訪ねて』松浦尚明
『芭蕉「おくのほそ道」の旅』金森敦子　角川書店
『おくのほそ道・みちのく紀行』池田満寿夫　日本放送出版協会
『奥の細道 なぞふしぎ旅（上巻）』山本鉱太郎　新人物往来社
『芭蕉遍路』沼田勇　文芸社
「『奥の細道』新解説〈旅の事実〉と〈旅の真理〉」小澤克己　東洋出版
『おくのほそ道の旅』萩原恭男・杉田美登、岩波書店（岩波ジュニア新書）

著者プロフィール

赤羽 正業（あかばね せいぎょう）

本名、赤羽正業（まさなり）。

1941年9月21日、栃木県栃木市に生まれる。茨城県結城市で育ち、現在は千葉県在住。

法政大学卒。

趣味は卓球、スキー、ウォーキング、将棋、俳句。

著書
『句碑を訪ねて六百里　深川～二本松・飯坂編』（2007年、文芸社）
『句碑を訪ねて六百里　飯坂～出羽三山編（奥州街道～出羽街道～羽州街道～舟形街道）』（2010年、文芸社）

句碑を訪ねて六百里 鶴岡～結びの地・大垣編（羽州浜街道～北国街道・美濃路）

2018年４月15日　初版第１刷発行

著　者　赤羽 正業
発行者　瓜谷 綱延
発行所　株式会社文芸社
〒160-0022 東京都新宿区新宿1－10－1
電話 03-5369-3060（代表）
03-5369-2299（販売）

印刷所　株式会社フクイン

ISBN978-4-286-18966-6